En sueños te amaré

Daphne Clair

Bianca®
HARLEQUIN®

Editado por HARLEQUIN IBÉRICA, S.A.
Hermosilla, 21
28001 Madrid

EN SUEÑOS TE AMARÉ, Nº 1579 - 6.4.05
Título original: The Brunellesci Baby
Publicada originalmente por Mills & Boon®, Ltd., Londres.

I.S.B.N.: 84-671-2637-X
Depósito legal: B-8029-2005
Editor responsable: Luis Pugni
Composición: M.T. Color & Diseño, S.L.
C/. Colquide, 6 - portal 2-3º H, 28230 Las Rozas (Madrid)
Fotomecánica: PREIMPRESIÓN 2000
C/. Algorta, 33. 28019 Madrid
Impresión y encuadernación: LITOGRAFÍA ROSÉS, S.A.
C/. Energía, 11. 08850 Gavá (Barcelona)
Fecha impresion para Argentina: 22.5.06
Distribuidor exclusivo para España: LOGISTA
Distribuidor para México: CODIPLYRSA
Distribuidores para Argentina: interior, BERTRAN, S.A.C. Vélez Sársfield, 1950. Cap. Fed./ Buenos Aires y Gran Buenos Aires, VACCARO SÁNCHEZ y Cía, S.A.
Distribuidor para Chile: DISTRIBUIDORA ALFA, S.A.

Capítulo 1

EL OFICIAL de aduanas echó un rápido vistazo a la mujer morena de ojos verdes que aguardaba al otro lado del mostrador.

Ella trató de no mostrar su aprensión mientras el oficial volvía a mirar el pasaporte que sostenía en las manos.

–¿Liar Cameron?

–Lia Cameron –corrigió ella.

–Lo siento. Lia. ¿Ha estado antes en Australia?

–Sí.

El oficial selló el pasaporte antes de entregárselo.

–Los neozelandeses sois incapaces de pasar mucho tiempo sin venir a vernos, ¿eh? Que disfrute de sus vacaciones.

Lia fue a por su equipaje con piernas temblorosas. Después tomó un autobús que iba hasta Sunshine Coast y buscó un hotel donde pagó por adelantado y en efectivo su habitación. No quería utilizar su tarjeta de crédito.

Al día siguiente alquilaría un coche y buscaría la mansión Brunellesci.

Un escalofrío recorrió su espalda. Alessandro Gabriele Brunellesci era un enemigo formidable, acostumbrado a aplastar todo lo que se interpusiera en su camino... incluyéndola a ella.

Una mezcla de furia y pesar alejaron su miedo. La tensión y la tragedia le habían dado una fuerza que no sabía que poseyera. Zandro iba a descubrir muy pronto que no podía intimidarla y que no iba a poder librarse fácilmente de ella. Había demasiado en juego; la vida de un niño. La reparación de un terrible daño.

No podía volver a Nueva Zelanda hasta que hubiera hecho lo que había acudido a hacer allí. Y no pensaba volver sola.

La mansión Brunellesci estaba protegida por un muro alto de ladrillo y se accedía a ella a través de una poderosa verja de hierro forjado.

Lia detuvo el coche a cierta distancia y esperó. Poco después de su llegada, un elegante coche negro con las ventanas tintadas salía de la mansión, pero resultó imposible distinguir quién iba dentro.

Cansada de esperar en el coche, Lia se puso sus gafas de sol y un sombrero de paja y tomó un libro que había llevado consigo. Había una zona de juegos infantiles con bancos de madera junto a la playa. Eligió uno desde el que se divisaban la mansión y la verja y simuló ponerse a leer.

Al cabo de un rato se abrió la puerta de la mansión y salió una mujer que empujaba un cochecito de niño, acompañada de un hombre alto de pelo cano que caminaba ayudado de un bastón.

Las verjas se abrieron automáticamente y cruzaron la carretera hasta el parque, donde Lia simuló estar totalmente enfrascada en la lectura. Respiró aliviada al notar que no habían reparado en ella. Oyó la voz de la mujer, que hablaba en el típico tono exagerado que solía utilizarse con los bebés, y un murmullo procedente del hombre acompañado por el feliz balbuceó del niño.

Lia sintió que se le encogía el corazón. Simulando una completa despreocupación, se levantó sin mirarlos y fue a sentarse en la hierba bajo un árbol, con la espalda apoyada en el tronco.

La mujer llevó al niño hasta los columpios, lo sentó en uno y comenzó a empujarlo suavemente mientras el anciano los observaba.

«Está bien atendido», pensó Lia.

Tal vez podía abandonar su misión, irse. Pero apartó rápidamente aquel cobarde pensamiento. Un simple vistazo no bastaba para saber qué estaba sucediendo.

Fijó su atención en la mujer, que debía tener unos treinta y cinco años. Su rostro resultaba agradablemente atractivo y estaba enmarcado por un pelo rizado y corto color castaño. Debía ser una niñera, alguien a quien habían contratado para que se ocupara del niño.

Cuando, al cabo de un rato, el grupo se puso en marcha hacia la playa, Lia permaneció unos minutos donde estaba y luego volvió al coche, donde esperó a que regresaran a la casa.

Al menos ya sabía dónde estaba el bebé. Afortunadamente no lo habían enviado a algún lugar remoto para que lo criaran aislado.

Había llegado el momento de plantearse una estrategia.

A la mañana siguiente aparcó en el mismo sitio y esperó. Al cabo de un rato volvieron a aparecer la mujer, el hombre mayor y el bebé. La mujer miró cuidadosamente a derecha e izquierda. Su mirada se detuvo un momento en el coche de Lia y se volvió a comentar algo al hombre antes de seguir avanzando.

Aprensiva, Lia se dijo que estaba imaginando cosas, pero decidió no moverse del coche por si acaso.

Mientras la niñera llevaba al niño a un tobogán, el abuelo se sentó bajo la sombra de un árbol y contempló la escena con una sonrisa en los labios. Para ser un hombre que había construido un imperio de la nada tras llegar a Australia sin un penique como emigrante italiano, su gesto era realmente benévolo. Según los estudios médicos, los hombres fuertes y duros se suavizaban mucho con la edad y la pérdida gradual de la testosterona.

Pero faltaba mucho para que a su hijo Zandro, de poco más de treinta años, le sucediera lo mismo. Probablemente, Domenico sería un objetivo más fácil, y aún debía tener algo de influencia sobre su hijo.

Concentrada en el grupo del parque, Lia no vio el coche que se aproximaba hasta que se detuvo justo delante del suyo.

De inmediato, un hombre salió del interior. El corazón de Lia latió más rápido mientras veía cómo se acercaba y abría la puerta de su coche. Trató de ponerlo en marcha, pero fue inútil. El hombre la tomó por la muñeca, le hizo salir y la arrinconó contra la puerta trasera.

Cuando la taladró con su negra mirada, su expresión pasó en un instante de la suspicacia a la incredulidad.

–¿Lia? –murmuró.

Ella tragó saliva.

–Zandro –dijo.

A diferencia de su padre, el joven Brunellesci no mostraba indicios de ninguna benevolencia. Sofocadamente consciente de su tamaño, de su poder físico, de la furiosa incredulidad de su mirada, Lia trató de hacer acopio de su coraje para enfrentarse a él.

–¿A qué diablos estás jugando?

–No estoy jugando a nada –espetó Lia–. Suéltame la muñeca. Me estás haciendo daño.

Zandro parpadeó. Lia jamás había cuestionado directamente su autoridad, su derecho a hacer lo que quisiera con ella o con cualquier miembro de su familia.

Pero aquélla era otra Lia, que no pensaba dejarse presionar y que sabía lo que quería y había ido a por ello.

Zandro la miró unos segundos más antes de soltarle la mano, pero no se apartó de ella. Automáticamente, Lia se frotó la muñeca dolida con la otra mano, pero enseguida dejó caer ambas a los lados. No quería dar ninguna muestrea de debilidad.

Para su sorpresa, Zandro volvió a tomarla de la mano con más delicadeza. Frunció el ceño al ver la piel enrojecida de su muñeca y su boca se tensó.

–No pretendía hacerte daño, pero me he llevado una gran impresión al verte.

–Tú también me has impresionado –replicó ella con irónico descaro–. Y también es probable que me hayas hecho un moretón.

Zandro mostró un momentáneo desconcierto ante la desafiante mirada de Lia, pero enseguida brilló algo en ella que hizo que la respiración de Lia se agitara. Luego se inclinó para tomar la llave del coche y se la guardó en el bolsillo tras cerrar la puerta.

–Será mejor que entres en casa para que podamos poner algo de hielo en esa muñeca –la tomó con firmeza por un brazo.

El instinto impulsó a Lia a apartarse, a exigir que le devolviera la llave del coche, pero sabía que no podía rechazar la oportunidad de entrar en la casa.

Aquel enfrentamiento iba a tener lugar antes o después, de manera que, ¿qué más daba que no se sintiera preparada en aquellos momentos? Lo cierto era que nunca lo estaría.

Los dedos de Zandro en su codo parecían emanar lenguas de fuego y los nervios de Lia estaban a flor de piel. Eran sensaciones extrañas, que nunca había experimentado antes, aunque tampoco se había encontrado nunca en una situación parecida. Miró la expresión de controlada ferocidad de Zandro. Aquel hombre le daba miedo, pero ella había prometido solemnemente seguir adelante con aquello, y si no lo hacía nunca podría perdonarse a sí misma.

Cuando las verjas se cerraron tras ellos tan silenciosamente como se habían abierto, Lia se estremeció al sentir que estaba siendo encerrada en alguna clase de prisión siniestra.

–¿Te encuentras bien? –preguntó Zandro, reacio.

–Sí. Es el contraste de pasar del sol a la sombra.

Zandro asintió y un instante después subían las escaleras que llevaban a la mansión. Una vez dentro llevó a Lia a una espaciosa habitación.

–Siéntate –dijo a la vez que señalaba un sofá–. Voy a por un poco de hielo.

Lia se preguntó por qué no se lo pedía a un

criado. Tal vez no quería que vieran que le había hecho daño.

Zandro regresó un momento después con un cubo de hielo y varias toallas. Tras colocar unos cubitos en una de ellas, se arrodilló ante Lia y le envolvió la muñeca con ella. Luego le hizo apoyarla en el brazo del sofá tras colocar otra toalla en éste para que no se mojara.

Después se irguió y le dedicó una penetrante mirada antes de tomar una silla en la que se sentó frente a ella.

–¿Qué haces aquí, Lia?

Ella dudó y se humedeció los labios. Había llegado el momento decisivo, su última oportunidad de retirarse, de huir. Pero no pensaba hacerlo.

–He venido a por mi bebé para llevármelo a casa –dijo con firmeza.

Zandro permaneció tan quieto e inexpresivo que dio la sensación de que no la había escuchado. Unos segundos después Lia notó que su mandíbula se tensaba ligeramente.

–No creo –fue todo lo que dijo.

Lia alzó la barbilla con expresión determinada.

–El bebé debe estar conmigo.

–¿Y crees que voy a entregártelo así como así?

–¡Soy su madre!

–Y yo soy su tutor legal y estoy obligado a cuidar de sus intereses.

Aquellas palabras parecían más adecuadas para

una reunión de negocios que para una conversación sobre las necesidades de un niño.

–Te refieres a los intereses de la dinastía Brunellesci, ¿no?

–No creo que el negocio familiar pueda ser calificado de dinastía.

–¿No se considera la empresa Pantheon una de las diez más ricas de Australia? ¿No dicen que vale millones? ¿O son billones? –preguntó Lia con ironía.

–Así que de eso se trata, ¿no? –dijo Zandro en tono acerado–. No es a por tu hijo a por lo que has venido, ¿verdad? ¿Por qué no dejas de andarte con rodeos?

Lia abrió los ojos de par en par y sintió que su estómago se encogía.

–¿Cómo te...? –empezó, pero Zandro no la estaba escuchando.

–Esperas que te paguemos para que vuelvas a irte y dejes al niño con nosotros, ¿no?

Lia prácticamente se puso en pie de un salto.

–¡Esa sugerencia es repugnante! ¡Eres aún peor de lo que pensaba!

Zandro se irguió y la miró a los ojos con dureza.

–Puede que te devuelva el cumplido. Pero si estoy equivocado, ¿qué es lo que quieres?

–¡Ya te lo he dicho! Quiero a Dominic... a mi hijo.

–Renunciaste a él.

–Cuando lo hice no era yo misma. No sabía lo que hacía.

–¿Y ahora sí eres tú misma? –preguntó Zandro con ironía–. ¿Pensabas secuestrarlo? Nunca te habría salido bien.

–¡No pensaba secuestrarlo!

–Entonces, ¿por qué andabas merodeando por aquí? Mi padre y la niñera te vieron ayer y hoy han visto el mismo coche aparcado en el mismo sitio. Les ha parecido extraño y me han llamado por el móvil.

–Quería asegurarme de que Dominic seguía aquí. Y de que estaba bien atendido.

–No podría estar mejor atendido.

–Supongo que te refieres a que tiene lo mejor que el dinero puede comprar. Habéis contratado una niñera.

–Mi madre ya no está en condiciones de ocuparse de un niño y yo tengo un negocio que dirigir. Bárbara ha venido muy bien recomendada de una magnífica agencia.

Es muy competente.

–Una profesional no puede implicarse emocionalmente en su trabajo.

–Una buena niñera es mejor que una madre incompetente.

–¿Incompetente? –repitió Lia, ofendida.

–Sabes que eras incapaz de ocuparte del niño, Lia.

–¡Eso fue algo temporal! ¡Y os aprovechasteis de ello para quitarme a Dominic!

–Nos responsabilizamos de un miembro vulnerable de nuestra familia –dijo Zandro–. El nombre de Rico está en el certificado de nacimiento, y mis padres han aceptado a Nicky como su nieto.

–Eso no lo convierte en tuyo... o suyo. La madre está primero. ¡Cualquier tribunal lo confirmaría!

–Cualquier tribunal tendría en cuenta principalmente el interés del niño. Y no creo que le pareciera conveniente que éste volviera con una madre adicta a las drogas que lo abandonó.

Lia apretó los puños. Debería haber esperado aquello.

–No lo abandoné, y estás equivocado. No soy adicta a las drogas.

–¿Te has limpiado? –Zandro le dedicó una penetrante mirada–. Tienes mejor aspecto, desde luego. ¿Pero cuánto tiempo vas a lograr mantenerte así?

–¡Nunca fui una adicta! –espetó Lia–. Estaba... confusa.

–Apenas sabías en qué día vivías, y en cuanto a cuidar a un recién nacido... si yo no hubiera intervenido Nicky habría acabado en un hogar de acogida.

–¡Yo estaba totalmente conmocionada por la muerte de tu hermano! De mi... mi...

–Tu amante –concluyó Zandro.

–¡El padre de mi hijo! El hijo que tú te llevaste.

Después de aquello, a Lia no pareció importarle nada. Tomó pastillas para aliviar su dolor, para poder dormir, para alejar de sí el mundo y su crueldad. Hasta que empezó a vivir en otra dimensión, en un mundo en el que no sentía nada, no recordaba nada y no sabía nada excepto que tenía que tomar más y más pastillas...

–Traté de ayudarte –dijo Zandro.

–No recuerdo que me ofrecieras tu ayuda.

–Tal y como estabas, me extrañaría que recordaras algo.

Lia se sintió desasosegada al escuchar aquello. ¿Habrían sucedido cosas que no recordaba durante aquel periodo?

El sonido de la puerta principal al abrirse los interrumpió. Lia captó un destello de la niñera en el vestíbulo con el bebé en brazos. Instintivamente dio un paso hacia la puerta, pero Zandro la sujetó por un brazo. En aquel momento el anciano apareció en el umbral. Al ver a Lia, irguió los hombros y su expresión se volvió gélida.

–¿Qué hace esa mujer aquí? –preguntó a Zandro, y su acento reveló sus orígenes italianos.

–Tengo un nombre, señor Brunellesci –dijo Lia en tono retador–. Y también tengo derecho a mi hijo –añadió, sin arredrarse.

–¡No tienes ningún derecho! –dijo el anciano a la vez que golpeaba el suelo con el bastón–. ¿Cómo te atreves a venir aquí?

–No te alteres, papá –Zandro habló con calma, pero también con autoridad–. Yo me ocupo de esto.

El anciano miró a su hijo con el ceño fruncido. Finalmente asintió y se marchó murmurando algo que Lia no entendió.

–Siéntate, Lia, por favor –dijo Zandro.

Tras un instante de duda, Lia hizo lo que le decía.

–¿Qué me ha llamado tu padre?

–Eso carece de importancia. ¿Cómo está tu muñeca?

–Estoy segura de que me recuperaré –replicó Lia secamente–. Tu padre me odia.

–Adora a Nicky.

–¿Es adoración, o más bien una actitud meramente posesiva? –por expreso deseo de Rico, Dominic había recibido el nombre de su abuelo, que no tenía más nietos–. Tú aún no te has casado, ¿no, Zandro? Si tienes hijos, ¿qué pasará con Dominic?

–Seguirá siendo el hijo de Rico, un Brunellesci. Nada podrá cambiar eso.

–También es mi hijo. Nada podrá cambiar eso tampoco.

Un destello de reconocimiento suavizó momentáneamente la hostilidad de la mirada de Zandro.

–Renunciaste a tus derechos.

–¡Me intimidaste para que firmara los papeles cuando no estaba en condiciones de decidir nada!

–¿Que te intimidé? Puede que te sobornara, pero no necesité intimidarte. Aceptaste el dinero sin protestar y saliste corriendo.

Aquella acusación dejó a Lia sin aliento.

–¡No tuvo nada que ver con el dinero! En aquel momento pensé que era lo mejor para mi hijo. Pero hay cosas más importantes para un niño que el dinero y lo que éste pueda comprar.

–Una familia, por ejemplo.

–¡Yo soy su familia!

–Disculpa si encuentro un poco difícil de creer esa repentina preocupación maternal.

–¡No es repentina! No sabes lo duro que fue, cuánto dolor... –Lia se interrumpió y volvió la cabeza. Se mordió el labio con fuerza para tratar de contener las ganas de llorar. A pesar de todo, una lágrima se deslizó por su mejilla. Alzó rápidamente la mano para frotarla. El frío de la compresa le sirvió para recuperar la compostura. Cuando volvió una desafiante mirada hacia Zandro vio que éste no se había movido y que la miraba con mucha atención. Y lo que dijo a continuación fue una auténtica sorpresa para ella.

–Supongo que tienes algo de razón... si no moralmente, al menos sí legalmente. Habrá condiciones, desde luego, pero estoy dispuesto a hablar de tus derechos de visita.

Capítulo 2

DERECHOS de visita? –repitió Lia, que tuvo que recordar de nuevo que perder los estribos no iba a servirle de nada–. Eso no es suficiente. No puedes esperar que lo acepte.

–¿Y tú esperas que entregue dócilmente a Nicky a una... desconocida?

–¡Soy su madre, no una desconocida!

–¡No has estado con él desde que tenía dos meses! –espetó Zandro.

–¡Eso no es culpa mía! ¡Me hiciste prometer por escrito que no me acercaría a él!

–¿Y te extraña, dado el estado en que estabas? Lo hice por el bien del niño.

Lia pensó que si el único interés de Zandro hubiera sido el bien del niño, habría buscado algún modo de apoyar a su madre, no de evitar por todos los medios que ésta lo viera.

–Fue un error entregártelo –dijo, dolida.

–¿Serías capaz de alejarlo ahora de las personas que lo han cuidado, de todo lo que conoce? –preguntó Zandro, casi con desprecio.

–Sé que no podría llevármelo así como así. Esperaba que tú y tus padres fuerais razonables y le permitierais acostumbrarse a mí antes de que me lo lleve a casa.

–Ésta es su casa –dijo Zandro en un tono que no admitía réplica–. Y es aquí donde seguirá hasta que tenga edad suficiente para decidir lo que quiere.

–Puede que tus padres piensen de otra forma. Tú no sabes lo que se siente teniendo un hijo. Tu madre lo entendería.

–Sé lo que se siente porque tengo a Nicky, y no pienso dejarlo ir.

Lia captó en la mirada de Zandro la misma actitud implacable que utilizó con ella para conseguir convertirse en el tutor legal del niño y para asegurarse de que las cosas no pudieran echarse atrás si ella cambiaba de opinión.

No pensaba renunciar a su propósito, pero sabía que no tenía ningún sentido darse de cabezazos contra el muro de su intransigencia.

–Me gustaría verlo –dijo.

–Estará echando la siesta.

–Esperaré.

Zandro miró a Lia como sopesando hasta qué punto se enfrentaría a él si tratara de echarla a la fuerza. Finalmente, con una breve y sorprendida risa, fue hasta un intercomunicador que había en la pared y pulsó un botón.

–Traiga café y dos tazas, por favor, señora Walker. Y algo de comer –tras apagar el intercomunicador se encaminó hacia un ventanal que daba a la calle.

–¿Cuándo empezaste a vigilar la casa?

–Ayer fue la primera vez.

–¿Llevas mucho tiempo en Australia?

–Desde el día anterior.

–¿Dónde te alojas?

Lia dijo el nombre del hotel, pero Zandro no lo conocía. Probablemente era demasiado barato para él.

–Traté de mantenerme al tanto de lo que hacías después de que te fuiste de aquí. Te moviste mucho. No sabía que habías vuelto a Nueva Zelanda

–¿Hiciste que me vigilaran? –preguntó Lia, resentida–. ¿Por qué?

–Quería saber si estabas bien. A fin de cuentas eres la madre de Nicky. Y por obstinado que fuera, Rico te quería.

Rico, el hermano pequeño de Zandro, que había amado la vida y había disfrutado de vivir al máximo el presente, que se impacientaba con las restricciones y las expectativas de la familia Brunellesci. Y que había pagado el precio por ello y había muerto demasiado joven en un accidente de coche, dejando a un bebé y a una madre desesperada, herida, hundida por el pesar e incapaz de enfrentarse a lo sucedido.

A Lia le costaba creer que Zandro se hubiera

preocupado por ella después. Probablemente lo habría hecho para proteger a la familia, temiendo lo que la amante de Rico pudiera decir sobre éste y su familia.

–Me las arreglé –contestó–. Mis... mis amigos me ayudaron cuando volví a Nueva Zelanda.

–Supongo que serían mejores amigos que los que tenías en Sydney.

Sydney era donde Lia había conocido a Rico. Ella estaba de vacaciones y él huyendo del agobio de su familia y los negocios. Fue amor a primera vista, o al menos eso fue lo que pensaron. A Rico le bastó una mirada para que todas las demás mujeres dejaran de existir, y ella sintió exactamente lo mismo. El ritmo de su relación igualó al de su estilo de vida en aquellos momentos: rápido, frenético, a veces salvaje. Eran jóvenes y sólo les preocupaba la necesidad de disfrutar del momento. A ninguno de los dos se les ocurrió pensar que aquello pudiera acabar de un modo tan terrible.

Cuando regresó a Nueva Zelanda, Lia comprobó que podía contar con muy poca gente tras la muerte de su alegre, atractivo y rico amante. El dinero había desaparecido con él, se habían llevado a su bebé y su salud estaba deteriorada.

Una mujer madura y gruesa entró en aquel momento en la sala con una bandeja. Al ver la compresa en la muñeca de Lia pareció sorprendida.

–¿Está herida? ¿Puedo hacer algo?

–Tal vez estaría bien que trajera un poco más de hielo –dijo Zandro.

–No hará falta, pero podría hacerme el favor de llevarse esto –dijo Lia mientras se quitaba la toalla con el hielo y se la entregaba. Cuando la señora Walker se fue, preguntó–. ¿Qué pasó con las señora Strickland?

–Se jubiló y fue a vivir con su hija en Sydney –dijo Zandro mientras servía el café. Luego señaló en silencio el azúcar y la jarra con la leche–. Me gustaría creer que has cambiado... mucho. ¿Es posible?

–¿Tú qué crees? –preguntó Lia en tono mordaz–. Después de perder a Rico y de que me quitaran a mi hijo, ¿crees que no he cambiado?

–El hecho es que ahora no tienes ningún derecho. Renunciaste a ellos legalmente.

Lia bajó la mirada hacia su taza para no darle la respuesta que le habría gustado. Zandro fue mucho más listo que ella. La llevó a un abogado, su abogado, para que le cediera la custodia del niño. Sin duda, el acuerdo había sido legal e irrebatible.

–Según mi información, un padre puede rescindir una custodia.

–¿Estás dispuesta a someterte al examen de un tribunal para que decida si estás capacitada para cuidar de Nicky?

Consciente de que pisaba terreno peligroso, Lia bebió un poco de café antes de contestar.

–Si insistes en llevar las cosas tan lejos, no tengo nada que ocultar –aquello era una mentira descarada, pero las situaciones desesperadas exigían medidas desesperadas.

–¿Nada? –repitió Zandro, incrédulo. Su escepticismo se basaba en lo poco que había averiguado sobre Lia unos meses antes, tras la muerte de su hermano.

Pero si su peligroso farol fallaba, Lia estaba dispuesta a ir a juicio, a utilizar todos los recursos para ganar a los Brunellesci y llevarse a Dominic al hogar al que pertenecía, un hogar en el que el amor y la comprensión serían más importantes que el dinero.

–Una madre soltera –continuó Zandro–, con contactos sospechosos... ¿Has tenido algún trabajo desde que te fuiste de aquí?

–Sí. No tengo mucho dinero pero tengo una casa –Lia la había heredado de sus padres libre de hipotecas. No era más que un bungalow de tres habitaciones a las afueras de Auckland, pero no dejaba de ser una casa–. Puedo lograr que Dominic lleve una buena vida. Renunciaré a todo para asegurarme de ello.

–¿Y cuánto tiempo durará esa actitud altruista?

–No es altruismo. Es amor. Instinto maternal –Lia ignoró la expresión incrédula de Zandro–. Tú podrías ayudar a facilitar el cambio para Dominic

Zandro terminó su café de un trago.

–Aquí es feliz y tiene todo lo que necesita. Si fueras la madre amorosa que pretendes ser, no te lo llevarías.

Lia sintió que su corazón se encogía, pero permaneció en silencio.

–Te propongo que vengas a verlo todas las veces que quieras mientras estás aquí; así podrás comprobar que no podría estar mejor –añadió Zandro–. Y si las cosas van bien, podemos hablar sobre tus derechos de visita en un futuro.

–Eso no sería lo mismo que tenerlo viviendo en mi casa.

–Sé que no es lo mismo. ¿Quieres trasladarte aquí?

Por un instante, Lia no entendió lo que estaba sugiriendo Zandro.

–¿Me estás invitando a venir? –preguntó.

–Me gustaría que te aseguraras de que tu hijo está en las mejores manos para que pudieras regresar sintiéndote tranquila.

Aquél no era el plan de Lia, ni mucho menos, pero decidió no insistir en ello, temiendo que Zandro se echara atrás en su oferta si lo hacía.

–De acuerdo –dijo y, haciendo un esfuerzo, añadió–: Gracias.

Sabía que no sería precisamente bienvenida. ¿Qué pensarían los padres de Zandro de aquella asombrosa invitación? Juzgando por la actitud del padre, podía esperar hasta insultos.

Pero no había ido allí para estar cómoda. Había ido porque Dominic la necesitaba.

Al parecer, su respuesta había sorprendido a Zandro, que se había puesto claramente tenso, aunque enseguida disimuló.

–En ese caso le diré a mi madre que prepare una habitación para ti.

Lia se sentía un poco aturdida. Las cosas estaban yendo más rápido de lo que esperaba. Pero no pensaba comentarle a Zandro que poner a una madre ansiosa por recuperar a su hijo en contacto cercano con éste no iba a llevarla precisamente a abandonarlo por segunda vez.

–¿Cuándo puedo venir? –preguntó sin perder tiempo.

Zandro se encogió de hombros.

–Dame tiempo para informar a mis padres de que vas a quedarte aquí una temporada.

Lia asintió, terminó su café y se levantó. No quería dar tiempo a Zandro para cambiar de opinión.

–En ese caso, voy a hacer mi equipaje. Tengo un coche alquilado; ¿lo devuelvo o voy a necesitarlo? Supongo que no voy a salir mucho.

–Devuélvelo. Enviaré un coche a recogerte esta tarde. Sobre las siete –añadió tras un momento de duda–. Así podremos cenar juntos.

Lia asintió brevemente mientras se encaminaban hacia la salida. Estaba segura de que a Zandro no le hacía ninguna gracia la perspectiva de comunicarle a su padre la noticia. Se preguntó si éste vetaría la decisión de su hijo.

–Buenas tardes –saludó Zandro con fría amabilidad cuando salió a recibir a Lia aquella tarde–. La señora Walker te acompañará a tu habitación. Subiré tu equipaje en unos minutos –añadió antes de volverse a hablar con el conductor que la había llevado hasta allí.

La señora Walker llevó a Lia a una elegante y espaciosa habitación con baño de la segunda planta. Zandro llegó unos minutos después con la maleta.

–¿Tienes todo lo que necesitas?

–Sí, gracias. Eso creo –contestó Lia, que también sabía ser amable sin necesidad de mostrarse amistosa.

–Ya conoces el camino al comedor. Nos sentaremos en unos veinte minutos. Si quieres beber algo antes, estaremos en la habitación delantera.

–Bajo enseguida –dijo Lia–. Me gustaría tomar una ginebra con tónica, si tienes.

Zandro inclinó levemente la cabeza antes de salir.

Lia fue a cerrar la puerta y luego se apoyó de espaldas contra ella a la vez que suspiraba. Zandro Brunellesci no era un hombre con el que se sintiera precisamente cómoda en el mismo dormitorio.

Cada vez que estaba cerca de él sentía la fuerza de su personalidad, el aura de poder, determinación y autoridad que lo rodeaba, haciendo que se le pusieran los nervios a flor de piel.

Vivir en aquella casa con Dominic iba a suponer convivir con Zandro y el inquietante efecto que le producía.

Irguió los hombros con decisión. No había duda de que Zandro era un hombre intimidante, pero eso ya lo sabía. Y también sabía que estaba dispuesta a superar cualquier obstáculo que se interpusiera en su camino. Y no iba a permitir que se enterara de la falta de firmeza de los cimientos en los que descansaban sus planes.

Debía ir paso a paso. Y el primero que debía dar era bajar las escaleras para encararse con el enemigo.

Capítulo 3

LIA siguió el sonido de voces hasta una puerta entreabierta. El primer rostro que vio al entrar fue el de Zandro. Estaba de pie, hablando con su padre. Cuando la vio se quedó en silencio.

Domenico se volvió hacia ella. Lia vio como apretaba el puño en torno a la empuñadura de su bastón antes de dirigirle un seco asentimiento de cabeza.

–Buenas tardes, Lia.

Ella devolvió el saludo y luego vio a la madre de Zandro, que estaba sentada en un sofá con Dominic en brazos. La mujer la miró con una mezcla de cautela y ansiedad.

–*Buona Sera*, Lia.

Dominic vestía una pijamita amarillo lleno de ositos. Unos rizos negros cubrían su cabeza y su boca parecía un capullo de rosa. Unos ojos grandes y oscuros miraron a la recién llegada con curiosidad. Instintivamente, Lia dio un paso hacia él a la vez que alargaba los brazos.

El niño se volvió y enterró el rostro contra el pecho de su abuela.

Lia dejó caer los brazos, sin saber muy bien qué hacer a continuación.

Zandro apareció en aquel momento a su lado con un vaso en la mano.

–Tu ginebra con tónica –murmuró–. Bébela –dijo mientras la tomaba de brazo y la llevaba hasta un sofá.

Lia se sentó y sujetó el frío vaso entre ambos manos. Era lógico que Dominic no la hubiera reconocido, pero no había podido evitar el gesto de alargar los brazos hacia él.

–Nicky suele mostrarse tímido con la gente nueva al principio –dijo Zandro–. Pero la curiosidad acaba imponiéndose.

Como para apoyar su comentario, el niño se volvió para mirar a Lia de reojo. Cuando vio que ella lo miraba, volvió a ocultar su carita.

Zandro rió, pero Lia fue incapaz de imitarlo. La señora estaba acariciando los ricitos del niño mientras le murmuraba algo en italiano.

«Lo quiere», pensó Lia.

Aquel pensamiento fue como una ducha de agua fría. Debería alegrarse por ello. Si Zandro veía a Dominic como una responsabilidad, una obligación, y el anciano Domenico como una especie de seguro para el futuro de la empresa familiar, al menos un miembro de la familia había ofrecido al bebé afecto genuino. Y era obvio que el niño quería a su abuela y confiaba en ella.

«Pero debo llevármelo de todos modos».

La duda penetró en la mente de Lia y comenzó a enviarle malévolos mensajes. ¿Sería justo hacerlo? ¿Podía hacerle eso a él, a ella? ¿Debía?

Un par de sorbos de su ginebra con tónica bastaron para que se relajara un poco. Zandro la había cargado bastante.

–¿Estás satisfecha con tu cuarto, Lia? –preguntó la señora Brunellesci con un marcado acento.

Lia trató de sonreír.

–Sí, está muy bien. Y gracias por dejar que me quede aquí.

–Zandro dice que quieres conocer a tu hijo. Dice que tienes derecho a ello.

Lia miró involuntariamente a Zandro y volvió a sentir la indefinible carga de masculinidad que parecía emanar de él. Un ruido apagado le hizo volver la mirada hacia Domenico, que permanecía en pie con el ceño fruncido y ambas manos sobre el puño de su bastón, con el que volvió a dar otro golpecito en el suelo.

–Siéntate, papá, por favor –dijo Zandro–. Voy a servirte algo más de beber –añadió a la vez que lo tomaba del brazo para acompañarlo a una silla.

Domenico apartó su brazo y masculló algo en italiano antes de sentarse.

Zandro sonrió y fue a servir un vaso de vino que el anciano aceptó con un gruñido.

Finalmente, Dominic apartó el rostro del pecho de su abuela y miró a su alrededor. Luego se deslizó de su regazo al suelo y fue a gatas hacia su tío.

Zandro se agachó para tomarlo en brazos y lo alzó por encima de su cabeza a la vez que lo agitaba con delicadeza. El niño rió y su tío lo imitó. Luego lo dejó entre sus brazos a la vez que lo besaba en la frente.

Aquello desconcertó a Lia. Nada de lo que había dicho Zandro le había hecho sospechar que sintiera genuino afecto por su sobrino.

Dominic alzó una mano hacia el rostro de su tío y trató de meterle un dedo en la boca. Zandro simuló comérselo y el niño volvió a reír.

Aquello no era lo que Lia esperaba encontrar. De pronto se sintió extrañamente nerviosa.

Zandro se acercó a ella lentamente con el bebé en brazos y se sentó a su lado.

El niño miró atentamente al otro ocupante del sofá.

–Nicky, ésta es tu madre –dijo Zandro.

–¿Ma?

–Madre –repitió Zandro–. Madre. Mamá.

–Ma... má.

En aquella ocasión, el niño miró a Lia más tiempo y finalmente alargó una manita hacia ella. Lia le ofreció la suya y el niño tomó con sorprendente fuerza uno de sus dedos. Ella sintió que también le estaba oprimiendo el corazón.

En aquel momento entró la niñera en el cuarto.

–Hora de ir a la cama –dijo, mirando al niño con evidente afecto. Dominic bajó del regazo de su tío y gateó hacia su abuela.

La niñera lo tomó en brazos, riendo, y lo sostuvo mientras la señora Brunellesci lo besaba.

Zandro se levantó.

–Bárbara, te presento a Lia Cameron, la madre de Nicky. Bárbara Ayreshire, Lia.

La mujer no pareció especialmente sorprendida. Lia supuso que ya la habrían puesto al tanto.

–Hola –saludó Bárbara–. Tiene un hijo encantador.

–Sí –Lia fue incapaz de decir nada más, aunque sabía que debería haberla felicitado por lo bien que había cuidado al niño.

Pero fue incapaz de hacerlo. La rabia y el resentimiento volvieron a aflorar a la superficie, y no habría sido justo tomarla con Bárbara, que sólo estaba cumpliendo con su trabajo.

Tras subir a Dominic, la niñera bajó a cenar con ellos con un monitor para escuchar al niño.

Lia fue consciente a lo largo de la cena de la inflexible actitud de Domenico hacia ella, aunque le sirvió el vino y le acercó la sal y la mantequilla. Tampoco se le pasaron por alto las enigmáticas miradas que le dirigía ocasionalmente Zandro, sentado frente a ella. Negándose a bajar la vista, a aceptar que no era bienvenida allí, le devolvió la mirada en cada ocasión hasta que él tuvo que apartarla por un motivo u otro.

Tanto la señora Brunellesci como la niñera trataron de mostrarse amables con ella haciendo preguntas y comentarios intrascendentes, pero fue evidente que todos se sintieron aliviados cuando la cena concluyó.

El café fue servido en la sala de estar. Mientras los demás se sentaban, Bárbara tomó su taza y, tras despedirse de todos, subió con ella a su habitación. A Lia le habría encantado poder hacer lo mismo.

Zandro se acercó a ella y le ofreció una taza.

–Ya le he puesto el azúcar.

–Gracias –Lia pensó que el hecho de que Zandro hubiera recordado cómo le gustaba el café debería haber supuesto un ligero alivio para la tensión que sentía, pero en lugar de ello su inquietud aumentó. Zandro era demasiado observador y sus penetrantes ojos negros no perdían detalle. Y la miraba demasiado a menudo, como tratando de desvelar sus secretos más oscuros.

Y ella tenía al menos uno. Si Zandro lo descubría, no quería ni pensar en lo que pasaría.

Bebió su café en silencio y luego se levantó.

–Si me disculpáis...

–Debes estar cansada –la señora Brunellesci

asintió, comprensiva–. En Nueva Zelanda es dos horas más tarde.

Lia asintió y se despidió educadamente antes de salir. Una vez en la planta de arriba se preguntó que cuál sería la habitación de Nicky. Se dio cuenta de que no le había costado nada acostumbrarse a aquel diminutivo, pero lo cierto era que le sentaba bien. El nombre que había recibido en honor a su abuelo era una carga demasiado pesada para un niño tan pequeño. Con el tiempo tal vez le sentaría mejor... ¡aunque esperaba que no se convirtiera en un ser tan insensible y sentencioso como su abuelo y su tío!

Cuando creciera, ¿sufriría la misma presión que Rico por parte de la familia para que se adaptara a su destino? Rico se reveló, pero la larga sombra de su familia no dejó de perseguirlo durante el tiempo que estuvo con ella, cuando ambos vivían aislados y a la defensiva en el mundo que habían creado para sí.

Zandro penetró en persona en aquel mundo, rompiendo el capullo en que se habían encerrado. Miró a Lia con desprecio, reconociendo apenas su existencia, y habló con su hermano sobre el honor de la familia, sobre sus obligaciones, sobre la decepción de su padre. Le aseguró que si recapacitaba y volvía a su casa lo recibirían con los brazos abiertos.

–¡Eso es chantaje emocional! –dijo Lia más

tarde–. No lo escuches. Trata de hacer que te sientas culpable, de manipularte.

No podía creer que Zandro tuviera sentimientos. Fue la única conclusión a la que pudo llegar tras recibir sus gélidas miradas y ver el desdén con que contempló el pequeño apartamento que compartía con Rico, tan distinto a la palaciega mansión de la que éste había huido y a la que había jurado no volver.

Zandro también advirtió a su hermano que la generosa cantidad que aún recibía mensualmente podría esfumarse si persistía en «sus idioteces».

–A tu novia no le gustaría eso –dijo, a la vez que dedicaba una desdeñosa mirada a Lia–. ¿Crees que seguirá contigo cuando no tengas dinero? –preguntó, dejando bien claro que creía conocer la respuesta...

Entonces fue cuando Rico le dijo que se fuera. Por una vez se enfrentó a su hermano mayor. Para defenderla.

La señora Walker había comunicado a Lia que el desayuno se servía a las siete y media, antes de que el señor Zandro saliera para la oficina.

–Pero si quiere puedo prepararle algo más tarde –añadió.

–No hace falta, gracias –Lia no quería dar más trabajo del necesario a la señora Walker y, además, habría sido absurdo tratar de retrasar su reencuentro con la familia Brunellesci.

Se disponía a bajar las escaleras cinco minutos antes de la hora del desayuno cuando oyó el murmullo de la voz de Bárbara seguido de un balbuceo de Nicky. Siguiendo el sonido llegó hasta una puerta entreabierta. Al empujarla vio una cuna azul en un rincón de la habitación. La niñera estaba ante el cambiador que había junto a ésta y bloqueaba con su cuerpo la visión del niño. Cuando lo tomó en brazos, Nicky miró por encima de su hombro.

–¡Du! –dijo a la vez que señalaba.

Bárbara se volvió hacia Lia.

–Oh, buenos días, señora Cameron.

–Buenos días –contestó Lia sin apartar la mirada de su hijo–. Llámame Lia, por favor –dijo cordialmente–. ¿Crees que dejara que lo tome en brazos? –preguntó, insegura.

–No lo sé. Puede que te recuerde de anoche.

Lia alargó los brazos hacia el niño.

–¿Nicky?

Nicky miró a Bárbara, que le dedicó una sonrisa de ánimo.

–Es tu mamá –dijo, ganándose inconscientemente un torrente de gratitud por parte de Lia–. ¿Quieres darle un abrazo?

El niño volvió a mirar los brazos extendidos hacia él y a continuación alargó los suyos.

Lia lo tomó cuidadosamente en brazos y aspiró su cálido y dulce olor a bebé. Nicky se apoyó contra su pecho y tomó en una manita un mechón de su pelo a la vez que la miraba atentamente, como tratando de memorizar sus rasgos. Cuando sonrió y se hizo visible una pequeña hilera de dientecitos blancos, Lia sintió que los ojos se le llenaban de lágrimas.

Era un bebé encantador y no era justo que se hubiera visto privado de su madre, que ella se hubiera perdido los cambios que había experimentado en los diez meses anteriores, que no hubiera tenido el placer de ver su primera sonrisa real, de descubrir que le estaba saliendo el primer diente, de verle aprender a gatear. También se había perdido su primer cumpleaños por unas semanas.

¿Quiénes eran los Brunellesci para decidir que un niño estaba mejor sin su madre? Aunque ella hubiera carecido de experiencia y dinero cuando lo tuvo, podría haber adquirido la primera con el tiempo, y ellos podrían haberse ocupado del aspecto económico por el bien del bebé.

En lugar de ello, le habían quitado al niño y habían dejado que se las arreglara sola.

Aquello no era amor. Era un mero ejercicio de puro poder.

–¡Cuidado, Nicky! –dijo la niñera cuando el niño tiró del pelo de Lia.

–No importa –Lia liberó con delicadeza su pelo

de la manita del niño y, sin poder contenerse, lo besó en la mejilla.

Nicky se apartó y le dedicó una sonrisa traviesa. Luego volvió a ofrecerle su mejilla para retirarse de nuevo. Lia rió.

–Es un bromista –dijo Bárbara–. Cuando crezca va a dar mucha guerra a las chicas –miró su reloj–. ¿Vas a bajar a desayunar?

–Sí. ¿Y tú?

–Nicky y yo desayunamos en la cocina. Sus modales en la mesa dejan bastante que desear, ¿verdad, jovencito? –Bárbara volvió a tomarlo en brazos.

De manera que no toleraban al niño en la mesa familiar. No querían que estropeara la fría formalidad de sus comidas. Lia sintió la tentación de ir a desayunar también a la cocina, pero lo último que le convenía era ofender a los Brunellesci.

Cuando entró en el comedor ya estaban todos en torno a la mesa.

–Siento haberme retrasado.

Zandro se levantó al verla y fue a servirle una taza de café. Domenico bajó el periódico que estaba leyendo, asintió secamente y volvió a alzarlo.

Su esposa miró a Lia con expresión de disculpa.

–Buenos días, Lia.

–¿Has dormido bien? –preguntó Zandro cortésmente mientras volvía a sentarse.

–Sí, gracias.

–Si quieres que te cocinen algo...

–No suelo tener mucha hambre al levantarme –Lia tomó los cereales que había en el carrito.

Zandro la miró un momento.

–Antes estabas muy delgada... demasiado.

–Es cierto, ¿verdad, Domenico? –la señora Brunellesci se volvió hacia su marido–. Lia tiene mejor aspecto ahora, ¿no te parece? Como sueles decir, una mujer debe parecer una mujer.

Domenico dedicó una reacia y fría mirada a Lia.

–Mejor –murmuró antes de volver a ocultarse tras el periódico.

Lia notó que Zandro trataba de no reír. Fue toda una revelación averiguar que tenía sentido del humor. Y que pudiera encontrar divertido a su padre hacía que éste resultara menos formidable.

Pero Lia no se dejó engañar. Como Rico había dicho, ambos estaban cortados por el mismo patrón y se preocupaban más por el negocio y el apellido familiar que por cualquier otra cosa. El aparente cariño que manifestaban por Nicky no duraría mucho.

El primero en marcharse fue Zandro. Lia supuso que iba a su despacho y, cuando ella misma se levantó pocos minutos después oyó el sonido de un coche que salía del garaje.

Al entrar en su dormitorio vio que le habían hecho la cama y tomó nota mental para hacerla ella misma nada más levantarse a partir del día siguiente.

Al oír unos pasos junto a su puerta se asomó a ésta y vio a Bárbara en el pasillo.

–¿Dónde está Nicky? –preguntó.

–Con su abuela. A esta hora suele quedarse con él mientras yo hago el dormitorio. Después iremos al parque. ¿Te apetece venir con nosotros?

A pesar de que era posible que ya le hubieran dicho a la niñera que su trabajo corría peligro, Lia pensó que tal vez podía contar con ella como aliada para suavizar el corazón del abuelo de Nicky. No debía rechazar ninguna oportunidad, aunque la idea de acompañar al señor Brunellesci en su paseo matutino con el niño no resultaba muy tentadora.

–Gracias, me encantaría.

–En ese caso, nos vemos a las diez en el vestíbulo.

Cuando bajó, Lia encontró a Bárbara a solas con el niño.

–El señor Brunellesci no viene hoy –dijo la niñera.

–¿Se ha enfadado contigo por haberme invitado a acompañaros? Espero no haberte metido en ningún problema.

–Claro que no –dijo Bárbara tranquilamente–. Nos va a acompañar Bruce, el marido de la señora Walker. Se ocupa del jardín y del mantenimiento de la casa. ¿Nos vamos?

El tono de Bárbara no sugería que hubiera ningún problema, pero Lia notó que evitaba mirarla a los ojos. No era difícil deducir que se sentía incómoda.

En cuanto salieron, un hombre corpulento, vestido con una camisa a cuadros, vaqueros y botas, se reunió con ellas.

–Bruce, te presento a... –empezó Bárbara.

–Lia –dijo Lia al ver que la niñera dudaba–. Soy la madre de Nicky.

–Hola –saludó Bruce sin mostrar la más mínima sorpresa antes de acompañarlas hacia la verja de salida.

En el parque, Bárbara subió a Nicky a un columpio y se puso a empujarlo.

–¿Te apetece sustituirme, Lia? –dijo al cabo de un rato.

–Me encantaría –cuando empezó a empujarlo, el niño se puso a protestar.

–Quiere que le empujes con más fuerza –dijo Bárbara.

El rostro del niño se iluminó en cuanto Lia empezó a empujarlo con más energía. Su contagiosa risa le hizo reír, algo que no le sucedía desde hacía mucho tiempo.

Al cabo de un rato bajaron hasta la playa y sujetaron al niño entre ambas mientras éste se mojaba los pies, calzados con sandalias de goma. Después se sentaron un rato en una toalla mientras Bruce paseaba cerca de ellas y Bárbara limpiaba los pies del niño para volver a calzarle las sandalias.

–Supongo que las necesita –dijo Lia mientras las señalaba. En Australia había serpientes y arañas venenosas, aunque dudaba que anduvieran por las playas.

–Los Brunellesci son muy cuidadosos –dijo Bárbara–. Quieren mantenerlo a salvo.

–¿Por eso ha venido Bruce hoy? ¿Piensan que pueda sentir la tentación de secuestrar al niño? –preguntó Lia.

–No sé lo que piensan. Zandro ha dicho que quieres conocer a Nicky. Me ha preguntado qué pienso al respecto.

–¿En serio? ¿Y qué le has dicho?

–Que me parecía muy bien. Ya he visto suficientes padres que se preocupan demasiado poco de sus hijos. Con algunas excepciones, creo que el contacto entre padres e hijos debe ser alentado.

–Gracias.

–Todo niño tiene derecho a conocer a su madre. Nadie puede sustituir a una madre –dijo Bárbara con franqueza mientras se levantaba–. Tengo estrictas instrucciones de no dejarlo a solas con nadie excepto con sus abuelos o su tío, y si el señor Brunellesci o Zandro no están disponibles cuando salgamos de paseo, de llevar a Bruce con nosotros. Estoy segura de que están sinceramente preocupados por el bienestar del niño.

Lia recordó las escenas de la tarde anterior, cuando Zandro había tenido a su sobrino en brazos y Domenico lo había besado antes de que se lo llevaran a la cama. En aquellos momentos no le parecieron los fríos y arrogantes déspotas que creía que eran. La escena no había encajado con lo que sabía de ellos.

Pero no debía olvidar que un bebé podía desarmar a cualquiera, por malo que fuera. Sobrevivían porque los seres humanos estaban programados para reaccionar y protegerlos hasta que pudieran valerse por sí mismos. Si los Brunellesci eran capaces de amar, su amor era de la clase que acababa por volverse totalmente represivo, como pasó con Rico.

Por la tarde, mientras el niño echaba la siesta después de jugar un rato en el jardín, la señora Brunellesci sugirió a Lia que la acompañara a sentarse un rato fuera.

–¿Te apetece algo de beber? –ofreció–. Aunque aún no estamos en verano, hace bastante calor.

–No, gracias. Ya iré a por algo si me apetece. ¿Has dormido bien durante la siesta? –Lia sabía que aquella mujer era la mejor baza con que contaba para influir sobre Domenico y Zandro. De momento, el más hostil parecía Domenico, pero sospechaba que el más intransigente sería Zandro.

–He descansado, pero no he dormido –dijo la

señora Brunellesci mientras se ponía las gafas para tejer un rato–. Hacerse mayor es una lata. Mi Domenico se enfada mucho por ello.

–Sospecho que deben enfadarle muchas cosas –Lia se arrepintió de inmediato de haber dicho aquello. Debía tener cuidado con su lengua–. Lo siento. No pretendía...

La señora Brunellesci la miró un momento y luego rompió a reír.

–Es cierto. Domenico tiene mucho genio –dijo aquello indulgentemente, casi como si estuviera orgulloso de él. Mientras empezaba a tejer, suspiró y añadió con pesar–: Puede que si hubiera contenido ese genio suyo Rico no se hubiera ido. Tal vez no habría...

«Muerto». La temida palabra quedó suspendida en el aire.

–Lo siento –murmuró Lia. ¿Qué más podía decirse a una madre que aún sufría por la pérdida de su hijo pequeño?

–Rico me rompió el corazón, pero una madre siempre ama a sus hijos.

–Sí.

La señora Brunellesci alzó la mirada hacia Lia y dejó de tejer.

–Queremos a nuestro Nicky. Lo cuidamos muy bien. Nos preocupamos por él –añadió, casi con ansiedad.

–Lo sé –dijo Lia.

Pero también sabía que habían amado a Rico y sin embargo su padre y su hermano lo alejaron de su casa y de su familia porque su amor no era incondicional, como el de su madre. Y si ésta no fue capaz de enfrentarse a ellos entonces, ¿qué posibilidades podía tener de hacerlo por Nicky ahora que era mayor y más frágil?

Los lazos de sangre eran a la vez algo natural e inexplicable. Lia deseó que su padre y su madre hubieran podido ver a su nieto, que hubieran podido abrazarlo y saber que sus genes sobrevivían en él.

Pero habían muerto demasiado pronto por culpa de un conductor borracho que huyó después de hacer que su coche cayera a un río.

Lia mantuvo el tipo durante el funeral de sus padres y a lo largo del juicio al conductor. Y logró mantenerse varios meses más, pero empezó a beber regularmente, demasiado y con la gente equivocada.

Acabó perdiendo su amado trabajo como agente de viajes. Avergonzada de sí misma, hizo un esfuerzo de voluntad para superar el alcohol y decidió empezar de nuevo en algún sitio. Australia era el más cercano.

Utilizó la modesta herencia que le habían dejado sus padres para ir a Sydney y alquilar un apartamento y empezó a buscar trabajo. Entonces fue cuando conoció a Rico.

La señora Brunellesci suspiró y movió la cabeza con pesar.

–Rico era un encanto, como su hijo. Siempre estaba feliz y sonriente cuando era un niño –alzó una mano para frotar una lágrima de su mejilla–. Ah, mi Rico. Tú también lo amabas, ¿verdad, Lia?

–Sí –era la única respuesta que podía dar Lia a pesar de la inquietud que se apoderó de ella. Con toda la sinceridad que pudo, añadió–: Lo amaba con todo mi corazón.

Capítulo 4

LIA volvió la cabeza al oír un ruido cercano y vio que Zandro se acercaba a ellas. La señora Brunellesci sonrió.

–¡Zandro! Qué pronto has venido hoy.

–Sí, mamá –Zandro se inclinó a besar a su madre y luego dedicó un asentimiento de cabeza a Lia.

Ella sonrió haciendo un esfuerzo.

–La señora Walker va a traer algo de beber –dijo él mientras ocupaba una silla entre las dos mujeres. Tras observar unos momentos a su madre tejiendo, se volvió hacia Lia–. ¿Has pasado un rato con Nicky?

–Hemos ido al parque con Bárbara –sin poder contenerse, Lia añadió–: No hace falta que le pongas un guardaespaldas al niño.

Zandro ni siquiera parpadeó.

–Es mi deber protegerlo.

–¡Está perfectamente a salvo conmigo!

La señora Brunellesci los miró con expresión preocupada y dejó de tejer.

–Zandro trata de hacer lo mejor para Nicky, Lia. Trata de comprenderlo.

–Lo intento –dijo ella, tensa. Sabía que perder el control no le iba a servir para nada–. Pero me opongo a ser tratada como una criminal.

–Si te estuviera tratando como a una criminal habría llamado a la policía cuando te descubrí espiando a mi familia.

–¿Tu familia? ¡Dominic es mi hijo! –espetó Lia–. ¡Y no estaba espiando! Sólo quería asegurarme de que estaba aquí y se encontraba bien.

–Espero que en ese aspecto hayas quedado satisfecha.

–Sólo llevo aquí un día. Además, lo que me preocupa es su futuro.

–Como a mí –dijo Zandro con una firmeza que hizo que Lia se estremeciera–. Sólo porque de pronto te hayas encaprichado con recuperarlo...

–¡No es un capricho! –Lia apretó los puños en su regazo–. Tengo derecho...

–Tienes derecho a saber que está a salvo y bien cuidado –interrumpió Zandro con aspereza–. A pesar de que hasta ahora no habías demostrado demasiado interés por él. Había llegado a pensar que habías olvidado que tenías un hijo.

Lia sintió que algo atenazaba su pecho.

–Eso sería imposible –dijo con voz ligeramente ronca–. He estado enferma. Hasta que no me recuperé no me di cuenta de lo terrible que era lo que me hiciste hacer.

–Enferma –repitió Zandro en tono incrédulo–. Claro.

–¡No sabes de qué estás hablando! –rabiosa, Lia se puso en pie.

Tenía que salir de allí antes de delatarse, antes de arrojar la verdad contra el arrogante rostro de Zandro, antes de revelarle la miseria y la agonía de las que su padre y él eran responsables. Si hubieran dejado en paz a Rico tal vez no habría muerto. Y su hijo habría sido criado por su padre y su madre, no con grandes lujos, pero sí con mucho amor.

Se volvió rápidamente, pues sabía que se arrepentiría si dijera en alto todo aquello. Zandro no era tonto y saltaría sobre ella como un tigre sobre su presa si se le escapaba algo.

Pero al volverse no vio a la señora Walker, que avanzaba por el sendero con una bandeja con bebidas, y se dio de bruces con ella. Dos vasos cayeron al suelo y se rompieron estrepitosamente, no sin antes empapar la blusa de Lia.

–¡Oh! ¡Lo siento! –exclamó, abochornada, y se agachó de inmediato–. Le ayudaré a recogerlo.

De pronto notó que una poderosa mano se cerraba en torno a su brazo y la obligaba a levantarse.

–No toques los cristales con las manos desnudas –dijo Zandro a la vez que miraba su blusa mojada–. Será mejor que te cambies. Yo ayudaré a la señora Walker.

La criada sonrió.

–Sólo ha sido un pequeño accidente. Vaya a cambiarse, pero tenga cuidado con los cristales al pasar.

Zandro acompañó a Lia sin soltarla del brazo. Cada vez que la tocaba, ella sentía una desconcertante sensación recorriendo su cuerpo.

–¿Te encuentras bien? –preguntó cuando, una vez dentro, le soltó el brazo.

–No me ha pasado nada. Y debería ser yo la que ayudara a recoger. Ha sido culpa mía.

–No te preocupes por eso –Zandro la empujó con delicadeza hacia la escalera y cuando Lia volvió la vista había desaparecido.

Una vez en su dormitorio se quitó la ropa y la puso a remojo en el bidé. Se le había mojado hasta el sujetador, de manera que tomó una rápida ducha y luego se envolvió en una gran toalla de baño.

Estaba sacando un sujetador limpio cuando llamaron a la puerta.

–¿Quién es?

Era la señora Walker, que se ofreció a llevar a lavar la ropa sucia.

–La tengo a remojo en el baño. Si me dice dónde está la lavadora, yo me ocuparé, gracias.

–Si es lo que prefiere... Pero no supone ninguna molestia. Suelo poner la lavadora dos veces a la semana. Todo lo que tiene que hacer es dejar la ropa en el cesto de su baño.

–Gracias. Lo recordaré.

Mientras la señora Walker se alejaba, Lia se preguntó qué se sentiría teniendo sirvientes toda la vida. Estaba convencida de que eso no podía ser bueno para un niño.

Desde luego, ella no iba a poder permitirse comprar a Dominic las cosas que podían permitirse sus abuelos. Pero podía ofrecerle todo su amor y una buena educación. Lo último sería un poco más complicado, pero lograría ahorrar lo suficiente para conseguirlo si lo tenía en mente desde el principio.

Porque no pensaba aceptar ninguna ayuda de los Brunellesci. El plan consistía en desaparecer con su hijo en cuanto volviera a Nueva Zelanda y no volver a ponerse en contacto con ellos nunca.

Sintió que su corazón se encogía al recordar a Nicky en brazos de su abuela, ocultando confiadamente el rostro en su pecho, y sus risas cuando Zandro lo había alzado juguetonamente en sus brazos.

Una horrible sensación de estar haciendo las cosas mal hizo mella en su firme resolución.

Un año atrás, con la mente nublada tras la muerte de Rico y debido a la presión de Zandro, había creído que lo mejor que podía hacer por su hijo era renunciar a él. Tratar de recuperarlo era lo lógico tras aquella decisión equivocada. No debía dudar de su decisión.

Al oír que volvían a llamar a la puerta fue a

abrir suponiendo que sería de nuevo la señora Walker. Pero era Zandro.

–Quiero hablar contigo –dijo, casi con brusquedad–. Déjame pasar.

Lia dudó y luego se apartó, aunque sin lograr ocultar por completo su aprensión.

–No te preocupes –dijo Zandro, impaciente, mirándola con deliberada indiferencia–. No tengo ningún interés en tu cuerpo. Simplemente no quiero que nos oigan.

Ella no pudo evitar ruborizarse.

–¿Tenías algo que decirme?

–Sí. Te agradecería que no empezaras más peleas delante de mi madre. Le disgusta. Si tienes alguna crítica que hacer a mi modo de manejar las cosas con Nicky, hazla en privado.

–Hacen falta dos para pelearse –Lia no estaba dispuesta a cargar con toda la culpa–. Eres tú el que ha hecho las acusaciones. ¿Acaso esperabas que me quedara callada?

La mandíbula de Zandro se tensó visiblemente. Lia notó que detenía la mirada en la cama. Algo palpitó en el aire entre ellos. Algo que conmocionó a Lia a la vez que la hacía estremecerse. Estaban al menos a un metro de distancia, y sin embargo estaba sintiendo claramente el calor que emanaba el cuerpo de Zandro. Era un hombre muy alto, de hombros anchos y poderosas piernas. Su boca era un intrigante mezcla de firmeza y suavidad.

De pronto parpadeó y el momento pasó, dejando a Lia completamente aturdida.

–No –dijo, y ella necesitó unos segundos para darse cuenta de que estaba respondiendo a su pregunta–. Admito que yo también he metido la pata. A partir de ahora ambos debemos tener más cuidado.

–Yo lo tendré si tú lo tienes. Y ahora, si eso es todo...

Zandro miró a Lia como si quisiera decir algo más, pero en lugar de hacerlo se volvió y salió de la habitación.

Lia pasó un rato con Bárbara y Nicky cuando éste volvió a despertarse. Al cabo de un rato, suponiendo que su continua presencia incomodaría a la niñera, decidió ir a dar un paseo por la playa.

Cuando se acercaba a la verja y vio que se abría por su cuenta, pensó que al volver estaría cerrada y que no conocía el código de acceso. Iba a tener que utilizar el micrófono para que alguien le abriera.

No estaba segura de si salir o no cuando oyó unos pasos a sus espaldas. Al volverse vio a Zandro, vestido tan sólo con un bañador, unas sandalias y una toalla al cuello.

–¿Esperas a alguien? –preguntó al ver a Lia parada ante la verja abierta.

–Iba a dar un paseo por la playa.

–En ese caso, vamos –Zandro apoyó una mano en la cintura de Lia y la empujó con delicadeza para que saliera–. ¿Temías quedarte atrapada entre las verjas? No se cierran si hay algo en medio.

–Estaba pensando que no conozco el código para entrar.

–Sólo hace falta que pulses el botón para que alguien te abra desde el interior. No es necesario que conozcas el código.

Lia se detuvo y se volvió a mirarlo.

–Lo que quieres decir es que no confías en mí.

–Cuanta menos gente conozca el código, menos probabilidades habrá de que caiga en manos de algún ladrón... o algún indeseable.

–No tengo la costumbre de relacionarme con ladrones ni personas indeseables.

Zandro rió desdeñosamente.

–Que yo recuerde, Rico y tú teníais unos amigos bastante raros.

–Puede que lo fueran desde tu punto de vista, pero...

–¡Eran unos drogadictos y arrastraron a mi hermano a las alcantarillas!

–¡Rico no estaba en ninguna alcantarilla!

–Pero iba a acabar en una... como tú.

–¡No!

–El primer paso para superar una adicción es admitirla.

–Ya te he dicho que nunca he sido adicta a nada. Tuve problemas con los tranquilizantes y las pastillas para dormir, drogas legales y prescritas por un médico. Es obvio que no sabes lo fácil que es volverse dependiente de ellas.

Lia no podía mencionar el intento de suicidio. Hacerlo sería lo mismo que entregar a Zandro munición si el caso llegaba a los tribunales. Pero el recuerdo renovó su antagonismo hacia él. Zandro era parcialmente culpable de lo sucedido.

–Cuando os encontré en aquel cuchitril apestaba a marihuana –espetó él.

Lia sabía que negarlo habría sido inútil. Se encogió de hombros.

–Mucha gente fuma socialmente. Estábamos celebrado una fiesta.

Zandro los había pillado en el peor momento, cuando todo el mundo andaba medio dormido después de la juerga. Tras sacar a Rico a rastras de la cama mientras ella protestaba inútilmente, Zandro echó a todo el mundo de la casa sin contemplaciones. Después se dedicó a sermonear a su hermano y a preguntarle qué diablos creía estar haciendo y cuando pensaba regenerarse y volver junto a su familia.

–¿Estás diciendo que Rico y tú no consumíais?

–Sólo de vez en cuando –contestó Lia, incómoda–. Pero la marihuana no es heroína, ni nada parecido. Además, ahora ni siquiera consumo aspirinas si puedo evitarlo.

Zandro la miró con expresión escéptica.

–¿Podrías jurarlo?

–Desde luego. Ahora tengo un bebé en el que pensar.

–No parecías estar pensando en él cuando te encontré en ese agujero en que te metiste tras la muerte de Rico.

–No era el entorno ideal para un niño, desde luego. ¿Acaso crees que habría permitido que me quitaras al niño si no lo hubiera sabido?

–¡Yo no te lo quité! Os llevé a ambos de vuelta a casa de Rico. Podrías haberte quedado...

En aquel momento pasaron unos adolescentes en bici a toda velocidad por la acera y uno de ellos estuvo a punto de tirar a Lia. Zandro la sujetó justo a tiempo.

–¡Mirad por dónde vais! –exclamó, pero los jóvenes lo ignoraron y siguieron su camino. Zandro volvió a mirar a Lia y la soltó–. ¿Estás bien?

–No me ha tocado –contestó ella. Pero Zandro sí la había tocado. Aún podía sentir sus dedos en la piel.

Él la miró atentamente.

–Voy a nadar –dijo de pronto, y se volvió para encaminarse a grandes zancadas hacia el agua.

Lia lo siguió más despacio y mientras él se bañaba paseó por la playa.

Una vez de vuelta en la mansión subió a su dormitorio para quitarse la arena de los pies y peinarse. El paseo junto al mar había resultado muy agradable y esperaba que le hubiera servido para despejar su mente, pero lo cierto era que tras su encuentro con Zandro se sentía aún más confusa que antes.

Durante la cena, Domenico se mostró sorprendentemente amable e incluso preguntó a Lia si había disfrutado aquella mañana del paseo en el parque.

–Sí –dijo Lia–. Ha sido una pena que no nos acompañaras.

–Tenía algunos asuntos que atender –tras mirar a su mujer con expresión reacia, Domenico añadió–: Tal vez pueda acompañaros mañana.

La señora Brunellesci le dedicó una mirada de aprobación.

Animada ante la perspectiva de que los Brunellesci llegaran a aceptar que se llevara a su nieto y decidieran persuadir a Zandro para que no pusiera objeciones, Lia pensó que una sonrisa en aquellos momentos podía ser un buen arma.

–Me encantaría. Y estoy segura de que Nicky te ha echado de menos.

Domenico pareció un poco sorprendido, pero no dijo nada. Al notar que Zandro la miraba con el ceño fruncido, Lia decidió dedicarle otra deslumbrante sonrisa.

El efecto no fue exactamente el que esperaba. Zandro entrecerró los ojos y su expresión se tornó dura e inflexible.

«No puedo ganármelos a todos en una tarde», pensó Lia con un optimismo que hacía tiempo que no sentía, y a continuación apartó la mirada para centrarla en su comida.

Al día siguiente, cuando Lia y Bárbara sacaron a Nicky al parque, Domenico las acompañó. Mientras jugaban con el niño, Lia notó que el anciano observaba la escena con una sonrisa en su habitualmente severo rostro. Cuando regresaban caminó junto a él.

–Gracias por haberse ocupado de que Nicky esté tan bien cuidado.

Domenico la miró con cierta sorpresa.

–Es mi nieto.

–Como Rico y yo no estábamos casados, pensé que tal vez no querría reconocerlo.

El anciano frunció el ceño.

–Nicky tiene mi sangre. Y la de mi hijo.

–Pero si llegara a tener nietos legítimos...

Domenico se detuvo en seco para volverse a mirar a Lia.

–¿Acaso crees que repudiaría al hijo de Rico?

–Zandro es el mayor...

–Zandro nos ha asegurado que cuando se case adoptará a Nicky.

Capítulo 5

LIA se quedó boquiabierta.

–¡Zandro no puede hacer eso! –exclamó, asustada y furiosa a la vez–. Necesitaría el permiso de la madre, ¡y yo nunca se lo daría!

Al darse cuenta de que había atraído la atención de la niñera y el niño, Lia se mordió el labio y siguió caminando en silencio junto a Domenico el resto del trayecto hasta la casa.

Pero no dejó de darle vueltas a aquello durante el resto de la mañana, y aunque Domenico se reunió con la señora Brunellesci y con ella para almorzar y su actitud parecía cada vez menos beligerante, Lia tuvo dificultad para mantener una adecuada conversación sobre trivialidades.

Ni siquiera logró relajarse después, cuando pasó un buen rato en el jardín con Nicky. Finalmente volvió a su dormitorio y se tumbó en la cama para practicar algunos ejercicios de relajación.

Pero no le sirvieron de mucho. Su mente no dejaba de dar vueltas como un animal enjaulado. Cerrar los ojos no ayudó. Volvió a sentir la mano de

Rico en la suya, con el mismo amor angustiado y el mismo pesar que sentía ella reflejados en sus ojos verdes. Oyó el eco de su propia voz, apagada por las lágrimas.

«Te lo prometo, te lo prometo. Criaré a Nicky tal y como tú quieres. No dejaré que también arruinen la vida de tu hijo».

Cuando oyó que el coche de Zandro entraba en el garaje, se levantó y se peinó rápidamente antes de bajar a buscarlo. Tras esperar unos momentos en el vestíbulo dedujo que habría subido a su dormitorio mientras ella se arreglaba y decidió salir a dar una vuelta por el jardín.

Contemplando la playa, pensó que era posible que Zandro hubiera decidido ir a darse un baño. Si iba a dar una vuelta junto al agua, podía esperarlo cuando saliera.

Una vez en la playa, miró a su alrededor en busca de Zandro, pero tan sólo vio a un par de surfistas descansando en la arena. El cielo estaba cubierto de nubes y era evidente que la gente había decidido quedarse aquel día en casa. También soplaba una brisa más fresca de lo habitual y Lia se frotó los brazos mientras lamentaba no haberse puesto un jersey más grueso.

Se encaminó hacia un promontorio tras el que se sentó para protegerse del viento. El mar y su constante y apacible movimiento siempre habían aportado sosiego a su alma cuando lo había necesitado, y esperaba que en aquella ocasión sucediera lo mismo.

Las promesas echas a alguien en el lecho de muerte eran sagradas, se dijo con firmeza.

Sin duda, Rico conocía a su familia y sabía de lo que era capaz. Ella se había quedado convencida de que debía impedir a toda costa que los Brunellesci destrozaran la vida de Nicky como habían destrozado la de su padre... y también la suya.

Abrumada por el pesar, apoyó la cabeza sobre sus brazos cruzados mientras sus ojos se llenaban de lágrimas. Dejó que se derramaran silenciosamente. No había nadie a la vista, nadie de quien preocuparse, y llevaba reprimiéndolas demasiado tiempo.

El mundo de desvaneció en un cúmulo de recuerdos... algunos felices, pero la mayoría amargos y dolorosos.

Largo rato después, cuando las lágrimas remitieron, Lia permaneció inmóvil donde estaba, sintiéndose agotada, sin vida, hasta que alzó bruscamente la cabeza al oír la voz de Zandro a su lado.

–¿Lia?

Lia comprendió demasiado tarde que no debería haberlo mirado. Aún sentía los ojos húmedos e hinchados.

Zandro, que iba en bañador y tenía el cuerpo mojado, se arrodilló junto a ella y apoyó una mano bajo su barbilla para que volviera a mirarlo.

–Estás llorando –dijo, sorprendido.

–¡No es cierto! –Lia apartó el rostro y miró testarudamente hacia el mar.

Zandro frotó con el pulgar la humedad de su mejilla.

–Has estado llorando –corrigió.

Lia no se molestó en negarlo.

–¿Por Rico? –preguntó Zandro, como si le costara creerlo.

Lia le dedicó una mirada desdeñosa.

–¿Acaso crees que no amaba a tu hermano? Era muy fácil quererlo.

–Eso ya lo sé –dijo Zandro con aspereza, y Lia fue testigo del repentino dolor que reflejó su mirada.

Aunque de forma imperfecta y equivocada, debía haber querido mucho a su hermano. Lo suficiente como para ir a buscarlo y tratar de reconducirlo por lo que la familia consideraba el camino recto.

–Lo que sucede es que no lo entendías –a pesar de la hostilidad de la mirada de Zandro, Lia siguió hablando–. ¿No os disteis cuenta de que con vuestras exigencias lo único que estabais logrando era alejarlo aún más de vosotros? ¿No visteis que no estaba hecho para el mundo de los negocios?

–No estaba hecho para madurar –espetó Zandro–. Mi madre lo malcrió y mi padre se lo permitió. Rico nunca aprendió a asumir responsabilidades. Probablemente es mejor para Nicky que su padre ya no esté aquí.

–¿Cómo puedes decir eso sobre tu propio hermano? –preguntó Lia, escandalizada–. ¿Te alegra que esté muerto? –sin duda, aquél era el verdadero Zandro, el que había descrito Rico. No debía dejarse engañar por su lado más aparentemente humano.

Zandro palideció.

–Claro que no. Pero su hijo está mejor ahora de lo que habría estado si Rico hubiera seguido por el camino por el que iba.

–El dinero no lo es todo.

–No estoy hablando de dinero –replicó Zandro, impaciente–. Sé que hay cosas más importantes para un niño.

–¡Como su madre! –el recuerdo de lo que había hecho Zandro hizo que Lia pronunciara aquellas palabras con auténtica rabia.

–Eso depende de la clase de madre que sea–dijo él lentamente, sin lograr ocultar su desconcierto.

–Una madre que lo amaba... ¡que aún lo ama! –dijo Lia, tensa–. Que incluso renunció a él porque pensaba que era el único modo de asegurarle un futuro decente.

Zandro permaneció tan quieto que Lia pensó que sus palabras le habían hecho mella.

–No fue eso lo que me pareció cuando te conocí –dijo finalmente.

–En ese caso, está claro que no eres muy observador –incómoda, Lia dejó caer los brazos de las rodillas y recordó que pretendía enfrentarse a él–. Tu padre ha dicho que pretendes adoptar a Nicky –dijo agresivamente.

–Suponiendo que me case. Eso supondría una garantía para él en caso de que tuviera más hijos. Tendría los mismos derechos.

–¿A tu fortuna? –preguntó Lia con desdén.

–A eso y a todo lo demás que implica tener una familia.

–¿Cómo verse forzado a entrar en el negocio familiar?

–Nadie obligará a Nicky a nada –dijo Zandro, exasperado–. Pero tendrá la oportunidad de ayudar a dirigir el negocio si es lo que quiere.

–No fue así como funcionaron las cosas con Rico.

–Rico hizo lo que quiso. Necesitaba disciplina, pero eso fue lo único que no se le dio. Con Nicky las cosas serán diferentes.

Lia se quedó helada.

–¿Quieres decir que le pegarás para que se someta? ¡Por encima de mi cadáver!

Aquellas palabras le recordaron cómo había llegado a aquella situación y, al notar que las lágrimas amenazaban de nuevo, trató de ponerse en pie para alejarse.

La arena no le facilitó los movimientos y Zandro apoyó ambas manos en sus hombros cuando aún estaba de rodillas.

–Espera un momento.

–¡Suéltame!

Zandro olía a agua de mar, y su pelo echado hacia atrás y empapado hacía que sus rasgos parecieran labrados en piedra. Desprendía un aura de abrumadora masculinidad que despertó una serie de sentimientos conflictivos en Lia; un evidente deseo que la conmocionó, seguido de un intenso enfado consigo misma y con él.

Apoyó los puños en su pecho para empujarlo pero fue inútil. Furiosa, trató de darle una bofetada, pero él le atrapó la mano velozmente y la sujetó junto con la otra tras su espalda.

Por un instante, Lia se sintió aterrorizada. Zandro era tan fuerte, tan grande, y parecía tan enfadado...

–Jamás le he puesto una mano encima a Nicky y jamás lo haré –murmuró peligrosamente–. Hay otras formas de inculcar la disciplina en un niño. No creo en la coacción física. ¿Te satisface oír eso?

–¡Es evidente que no aplicas los mismos principios a las mujeres! –exclamó Lia acusadoramente, que sintió cierta satisfacción al captar un matiz de culpabilidad en la expresión de Zandro.

–He perdido los estribos –admitió, reacio.

–¿Y se supone que debo creer que nunca los perderás con Nicky?

–No te he hecho daño, ¿verdad? –replicó Zandro–. Has sido tú la que ha tratado de pegarme.

–¡Para defenderme! No tenías derecho a sujetarme.

Zandro frunció el ceño.

–No me gusta que me retraten como a un maltratador de niños –dedicó a Lia una penetrante mirada–. ¿De verdad creías que iba a atacarte?

–No. Estamos en un lugar público.

–¿Y crees que alguien habría venido en tu auxilio? –preguntó Zandro en tono burlón–. Con esa actitud tan ingenua sólo vas a conseguir atraer los problemas.

–¿Y tú te crees con derecho a retener físicamente a una mujer que trata de alejarse de ti?

–No. Hasta ahora nunca había sido necesario.

–¡Qué afortunado! Supongo que todas caen a tus pies según pasas a su lado –dijo Lia a la vez que volvía a levantarse–. Y ahora, ¿te importa si me marcho?

Zandro también se levantó.

–No me refería a eso. Ninguna mujer me ha acusado de algo así sin darme la oportunidad de refutarlo, y no pensaba hacer una excepción contigo.

–De todos modos da igual, porque no vas a adoptar a Nicky –dijo Lia con firmeza–. Jamás lo consentiré.

A continuación giró sobre sus talones y se alejó. Ya estaba cruzando el parque cuando Zandro la alcanzó.

–Ambos debemos considerar el bienestar de Nicky por encima de todo, Lia –dijo en tono apaciguador.

–¡Eso estoy haciendo!

–¿Estás segura? ¿De verdad quieres alejarlo de un hogar en el que es feliz y se siente seguro?

–Es sólo un bebé. Lo olvidará.

–¿Es eso lo que quieres para él? –preguntó Zandro, tenso–. ¿Que olvide a la familia de su padre? ¿Que olvide a sus abuelos, que lo adoran y se ocuparon de él prácticamente desde que nació?

Lia tuvo que reconocer a pesar de sí misma que Zandro tenía algo de razón. Podía mentir de nuevo y decir que no habría ningún problema en que la familia de Rico se mantuvieran en contacto y fueran a verlo a Nueva Zelanda si se animaban a hacer el viaje, pero fue incapaz de hacerlo.

–Piensa en lo que le estás haciendo –dijo Zandro.

Cuando llegaron al pie de las escaleras, tomó a Lia por el codo para ayudarla. Debía ser un gesto automático en él tomar el brazo de cualquier mujer que lo acompañara, pero Lia no pudo evitar que su cuerpo se sintiera afectado por el contacto.

Algunos hombres poseían tal carga sexual que ninguna mujer podía ignorarlos por completo, y él parecía uno de ellos. Pero aquello no tenía nada que ver con el amor. Zandro Brunellesci le desagradaba desde antes de conocerlo. Al parecer, Rico sentía cariño por él a pesar de que también lo intimidaba como hermano mayor, aunque Lia nunca llegó a entender por qué. Por lo que Rico le había contado, Zandro parecía un hombre ávido de dinero, con más orgullo del conveniente, moralista e insoportablemente arrogante.

Y su forma de tratarla antes y después de la muerte de Rico sólo sirvió para reforzar aquella impresión. Excepto, tal vez, cuando la persuadió para que se desprendiera de su hijo. Entonces utilizó una mezcla de persuasión y coacción. ¿Acaso esperaba volver a utilizarla?

Zandro abrió la puerta para entrar y al volverse vio que Lia lo observaba.

–¿Por qué me miras así?

Ella se encogió de hombros.

–No sé a qué te refieres.

–Creo que sí lo sabes.

Cuando Lia fue a pasar junto a él, Zandro la sujetó por un brazo. Al rozar involuntariamente su pecho desnudo, Lia se apartó como si hubiera recibido una descarga.

–¿Qué quieres, Lia? –preguntó con voz ronca.

Ella parpadeó.

–Ya sabes lo que quiero. A Nicky. Mi hijo –añadió en tono desafiante.

Zandro permaneció unos momentos en silencio.

–No –dijo finalmente.

Lia esperaba aquella respuesta, pero supo que

en los último segundos algo había cambiado sutilmente, que un nuevo factor había entrado en la ecuación. Zandro había visto algo en su mirada que había hecho que la suya se oscureciera.

–Trataremos de encontrar alguna solución –añadió él.

–¿Derechos de visita? Ya te dije que no pienso conformarme con eso.

Irritado, Zandro la soltó y se apartó de la puerta, permitiendo escapar a Lia de la invisible red que los había atrapado por unos momentos.

–Dame tiempo, Lia. La situación es demasiado complicada como para resolverla en unos días.

Bárbara tenía el fin de semana libre y el sábado Nicky se unió al resto de la familia para desayunar. Después de ofrecerse a darle de comer y de comprobar el caos que montaba a su alrededor, Lia comprendió por qué no solía desayunar habitualmente allí.

Subía a cambiar al niño tras recoger los restos del desastre cuando se cruzó con Zandro en las escaleras. Vestía pantalones cortos de tenis y llevaba una raqueta en la mano. Se apartó para dejarla pasar, aunque las escaleras eran anchas y no habría hecho falta.

–No salgas de casa hasta que haya regresado –dijo.

–No te preocupes, no me voy a fugar con él –replicó Lia irónicamente–. Supongo que ya habrás dado orden a tus subalternos para que me detengan si lo intento.

Zandro no respondió, pero Lia sintió su mirada en la espalda hasta que llegó a lo alto de la escalera.

Después de cambiar a Nicky, Lia bajó con él al jardín y pasó allí la mañana con la señora Brunellesci. Incluso Domenico se unió a ellas un rato y leyó tranquilamente el periódico mientras el niño jugaba.

Zandro se presentó en el comedor al mediodía con un pantalón ligero y una camisa informal y el pelo húmedo y peinado hacia atrás.

Era un hombre realmente guapo; ni siquiera Rico lo igualaba. Sin duda, éste debía haber crecido en todos los aspectos a la sombra de su hermano. Era más joven, menos fuerte, no tenía tanto talento y estaba mucho más inseguro de sí mismo y del lugar que ocupaba en el mundo. Como primogénito, Zandro carecía de aquellas inseguridades. No era de extrañar que Rico tuviera que escapar del cerrado círculo familiar para buscar su camino al margen de su hermano, que tanto se parecía a su padre. A pesar de todo quiso poner a su hijo el nombre de éste.

Lia apartó la mirada de Zandro, que estaba distraído hablando con Domenico, e hizo un esfuerzo por concentrarse en la comida. Cuando terminó se levantó y tomó al niño en brazos.

–Voy a subir un rato con Nicky a mi dormitorio –dijo en tono casi desafiante, temiendo que Zandro se opusiera y le ordenara quedarse.

Pero él se limitó a asentir tras observarla un momento pensativamente.

Treinta minutos después estaba con Nicky sentado en su regazo mientras le leía un cuento cuando Zandro se asomó a la puerta abierta de la habitación.

Lia dejó de leer y el niño hizo un ruido de protesta.

–Sigue, Lia –Zandro se apoyó contra el quicio de la puerta y metió las manos en los bolsillos, aparentemente satisfecho con esperar.

Incómoda, Lia terminó el resto del cuento y cerró el libro. Nicky bajó de su regazo y fue tambaleándose hacia su tío para que lo tomara en brazos.

–¿Estás listo para salir de paseo, jovencito? –preguntó Zandro.

Lia se puso en pie de inmediato al oír aquello.

–Sólo he pasado media hora con él –protestó.

–Puedes venir con nosotros –dijo Zandro en tono indiferente.

–¡Oh, gracias! –replicó Lia sarcásticamente.

–Es algo que hacemos habitualmente. Una vieja amiga de mi madre está paralizada por la artritis y vive en una residencia para ancianos. No tiene hijos y le encantan estas visitas. Mamá ha llevado a Nicky a verla todos los meses desde que era un bebé. Los residentes se entretienen mucho con él. Después solemos llevarlo a algún sitio especial, a algún parque con juegos o a visitar a algún amigo con hijos. Eso me permite pasar un poco de tiempo con él. Bárbara suele dejar una bolsa preparada en su cuarto para estas ocasiones.

Un rato después se dirigían en coche a la residencia. La amiga de la señora Brunellesci dio la bienvenida a Nicky con una gran sonrisa y los brazos abiertos. Tras unos momentos de duda, el niño pareció sentirse feliz sentado en su regazo y empezó a juguetear con la media docena de collares que colgaban del cuello de la anciana.

–Ésta es Lia –dijo la señora Brunellesci.

La señora Pisano sonrió y le ofreció su frágil mano a la vez que la saludaba con un marcado acento italiano. Después siguió hablando con la señora Brunellesci en aquella lengua.

–El inglés de la señora Pisano no es especialmente fluido –murmuró Zandro junto a Lia–. ¿Qué te parece si salimos a dar una vuelta por el jardín mientras ellas hablan?

Caminaron un rato en silencio hasta llegar a una pequeña fuente en la que nadaban algunos pececitos de colores.

–¿Nos sentamos un rato a la sombra? –sugirió Zandro.

Ocuparon un banco cercano a la fuente y permanecieron callados. Aunque al principio se sentía tensa, Lia acabó relajándose gracias al hipnótico sonido del agua y de la brisa entre las ramas de los árboles.

–Bárbara me ha dicho que cuidas muy bien a Nicky –dijo Zandro de repente.

Ella le dedicó una fugaz mirada y luego se volvió de nuevo hacia la fuente.

–¿Le has pedido que te informe?

–Te gusto o no, soy responsable de tu hijo.

–No pienso permitir que ni tú ni tu padre le hagáis lo mismo que le hicisteis a Rico.

–¡Nosotros no le hicimos ningún mal a Rico! –replicó Zandro, irritado, y tomó a Lia por los brazos para obligarla a mirarlo–. Él eligió su propio camino. Pensara lo que pensase, sintiera lo que sintiese, y por muchos errores que cometieran mis padres, algo que les sucede a todos, lo amaban y querían que fuese feliz. Y yo quería lo mismo.

–¡Rico era feliz en Sydney, lejos de la presión a la que lo sometíais, viviendo con alguien a quien amaba y que lo correspondía! ¿Por qué no te limitaste a dejarlo en paz?

–¿Cómo iba a dejarlo en paz? ¿Cómo iba a permitir que se hundiera en el mundo de la droga al que lo habías arrastrado?

Por un instante, Lia se quedó muda. Luego trató de librarse de las manos de Zandro.

–¡Eso no es cierto! Ni Rico ni yo probamos nunca las drogas duras...

–Eres una mentirosa.

«Normalmente no», pensó Lia, avergonzada por no poder negarlo.

–No –negó sin convicción–. Lo que te he dicho es cierto –al menos que ella supiera.

–Puede que te esté culpando injustamente –dijo Zandro al cabo de un momento–, pero yo vi las marcas en sus brazos, y es lógico que piense que sabías que se estaba inyectando.

–¿Marcas? –repitió Lia, atemorizada–. Estás... estás equivocado.

–¿Por qué te empeñas en negarlo? –Zandro le soltó un brazo, pero sólo para tomar el otro y examinarlo.

Lia logró liberarse de un tirón y se puso en pie.

–Te lo estás inventando –murmuró mientras daba un paso atrás.

Zandro también se levantó.

–¿Por qué diablos iba a inventar algo así sobre mi hermano?

Lia sentía que la cabeza empezaba a darle vueltas. Zandro parecía tan seguro... ¿Habría estado tan cegada por el amor y la compasión como para no ver la verdad?

–Puede que estuvieras celoso –sugirió.

El efecto de aquellas palabras fue extraordinario. Las mejillas de Zandro se oscurecieron y por una vez pareció perder la seguridad en sí mismo.

–¿Celoso? –repitió a la vez que le dedicaba una mirada tan insultante que Lia se estremeció como si la hubiera desnudado–. Nunca tuve motivos para sentir celos de mi hermano, y menos aún ahora que está muerto.

De pronto, Lia pensó en algo que la dejó paralizada en el sitio.

–¿Crees que acusando a los padres de Nicky de abuso de drogas conseguirás la custodia permanente? ¡Me haré todas las pruebas necesarias para demostrar que no estoy tomando nada! ¡Nada! –recalcó, furiosa.

–Puede que eso sea cierto ahora, ¿pero qué me dices del pasado? ¿Y del futuro? Podría conseguir que algunos de vuestros supuestos amigos de entonces contaran la verdad al juez.

Lia sintió que se le secaba la boca.

–Aunque los encontraras no testificarían en mi contra.

–No dudes que los encontraré si hace falta, pero yo que tú no contaría con ellos. Cuando fui a buscar a Rico la mayoría de ellos habría vendido su alma a cambio de dinero para conseguir la siguiente dosis.

Zandro parecía tan seguro de lo que decía que Lia tuvo que creerlo, tuvo que aceptar lo que se había negado a aceptar hasta entonces.

Se sentía tan aturdida que se tambaleó un poco y cerró los ojos para tratar de despejar su mente.

De pronto, Zandro estaba a su lado.

–¿Te encuentras mal? –preguntó a la vez que la rodeaba con un brazo–. Será mejor que vuelvas a sentarte.

–No –Lia necesitaba apartarse de él para pensar con claridad.

Pero al tratar de empujarlo perdió el equilibrio y se tambaleó peligrosamente hacia la fuente. Zandro la rodeó de inmediato con ambos brazos y la retuvo contra sí.

Instintivamente, Lia se aferró a él. Permanecieron abrazados, muslo contra muslo, pecho contra pecho, y una descarga de pura sensación física hizo que alzara la mirada hacia los ojos de Zandro. La intensidad y determinación que captó en ellos la hicieron estremecerse... pero no precisamente de frío o temor.

Capítulo 6

EL CORAZÓN de Lia se desbocó. Se sentía envuelta por el aroma de Zandro y aprisionada contra su pecho. Cuando él murmuró algo y lo miró notó que sus ojos parecían más oscuros que de costumbre y que su respiración era más agitada. Parecía a la vez enfadado y torturado, como si estuviera librando alguna batalla consigo mismo.

Cerró involuntariamente los ojos justo antes de que Zandro inclinara la cabeza hacia ella y tomara sus labios en un beso que la dejó sin aliento. Sin darle tiempo a protestar, y mientras le sujetaba la barbilla con firmeza, le hizo entreabrirlos con su arrogante boca para someterla a una implacable exploración de su lengua.

El mundo pareció girar en torno a Lia, y de pronto se sintió sumergida en el oscuro abismo de la pasión, totalmente poseída por el beso.

Cuando Zandro la soltó, pensó que parecía casi tan aturdido como ella se sentía. Pero debía hacer algo de inmediato para recuperar el control.

–¿A qué... ha venido eso? –preguntó.

La boca de Zandro se curvó en un simulacro de sonrisa.

–Un hombre y una mujer... el impulso... –se encogió de hombros–. Tal vez era inevitable.

–¿Acaso eres incapaz de contenerte cada vez que tienes una mujer cerca? –preguntó Lia en tono cáustico.

En aquella ocasión la sonrisa de Zandro fue casi genuina.

–Soy más exigente que eso. Y tampoco me ha parecido que protestaras mucho.

–¡No me has dado opción!

Zandro alzó las cejas en silencio y Lia se mordió el labio, consciente de que no había luchado ni protestado.

–¡Ni siquiera nos gustamos! –añadió–. Tú me desprecias.

–Esto ha estado fermentando desde que nos hemos vuelto a ver –Zandro aún parecía desconcertado–. No tiene nada que ver con que no nos gustemos.

–¡En eso tienes razón!

–Pero si es cierto que has dejado las drogas –dijo él a regañadientes–, debo decir que te respeto por ello.

Lia parpadeó, sorprendida.

–Antes has dejado muy claro que no me creías.

–Digamos que estoy manteniendo una mente abierta.

–Suponiendo que seas capaz de hacerlo.

Zandro rió inesperadamente. Fue una risa auténtica, y cuando volvió a mirar a Lia su mirada parecía mucho más concentrada, como si estuviera tratando de resolver algún dilema.

–Tal vez tú deberías hacer lo mismo –sugirió–. Mis padres no son unos monstruos, Lia. Sólo hicieron lo que les pareció correcto en aquel momento. Nadie es perfecto... yo no, desde luego. Pero te juro que siempre he hecho y siempre haré lo mejor que pueda por el hijo de Rico.

–Puede que lo que tú pienses que es lo mejor no sea lo que más le convenga.

–¿Y crees que tú lo harías mejor sólo porque eres su madre?

–No creo que un hombre soltero y sin hijos sea el padre ideal.

–Por eso contraté a una niñera. Y Nicky tiene a sus abuelos. Me dijiste que tu padre y tu madre habían muerto.

–Sí, pero...

Zandro alzó una mano.

–No empecemos a discutir de nuevo. Apenas conoces a Nicky todavía.

–¿Y de quién es la culpa?

–Si quieres responsabilizarme de ello, de acuerdo. Pero no puedo decir que lo lamente. En aquel momento me pareció que era la única medida que podía tomar.

Durante el viaje de regreso, Lia no pudo evitar pensar que Zandro la había besado con motivo ulterior. Su autocontrol parecía tan absoluto que no le quedó más remedio que llegar a la conclusión de que el beso formaba parte de una estrategia.

Por un momento pasó por su mente la posibilidad de utilizar el sexo para conseguir lo que quería, pero enseguida apartó aquella idea. Ya había comprometido su honestidad y estaba arriesgando a diario su reputación, probablemente incluso su seguridad física si Zandro llegaba a descubrir sus planes. Estaba dispuesta a hacer lo que fuera para rescatar a Nicky de un futuro opresivo e infeliz. Ya había hecho cosas que normalmente le habrían horrorizado. Pero tenía que haber un modo más fácil de conseguirlo que poniendo su corazón y su alma en peligro.

El domingo por la mañana fueron todos a la iglesia. Después, la casa pareció llenarse de gente. Domenico no tenía más familia en Australia, pero la hermana de su mujer y su marido regresaron con ellos para disfrutar juntos de la comida del domingo acompañados de sus dos hijas, los maridos de éstas y sus nietos.

–Supongo que recordáis a Lia –dijo Zandro a sus primas que, tras mirarla con sorpresa sonrieron y la besaron.

Sus maridos la saludaron a continuación mientras sus hijas pequeñas se ponían a jugar con un encantado Nicky.

Lia tuvo dificultades para recordar todos los nombres, y más aún para responder a las preguntas que le hicieron sobre Nueva Zelanda sin delatarse. Sobre todo porque Zandro parecía muy atento a sus respuestas a pesar de estar ocupado hablando con otras personas. Lia era incapaz de apartar de su mente el episodio del día anterior, como si estuvieran unidos por un hilo invisible que los conectara y del que no pudiera escapar.

Cuando las visitas se fueron la casa quedó muy silenciosa. Nicky estaba echando una siesta y la señora Brunellesci dormitaba en un sofá. Domenico fue a dar un paseo.

–Pareces cansada –dijo Zandro a Lia mientras ésta recogía unos juguetes con los que había estado jugando el niño.

–Tu familia en masa resulta bastante... abrumadora.

–Nicky los adora.

Era cierto que Nicky había disfrutado jugando con sus primos, que en todo momento se habían mostrado encantadores con él.

Zandro recogió un bloque de construcciones de

madera que había quedado bajo la mesa y se lo entregó a Lia.

–Te he oído decir que no tienes familia en Nueva Zelanda.

Lia apartó la mirada.

–Tengo buenos amigos –dijo, aunque sabía que si llevaba adelante su plan tendría que olvidarlos y empezar en algún sitio de nuevo.

–¿No tenías una hermana?

Lia se puso tensa y casi estuvo a punto de dejar de respirar.

–Ya no.

–¿Murió?

Incapaz de responder, Lia se limitó a asentir. Por un momento pasó por su mente que podía haber negado tener una hermana, pero eso habría sido una traición más.

–Lo siento mucho, Lia. ¿Sucedió hace poco?

–Sí –sólo habían pasado unas semanas, apenas unos meses–. Pero no quiero hablar de ello –Lia fue a volverse, pero Zandro la tomó de una mano, sorprendiéndola–. Relájate –dijo a la vez que la tomaba también de la otra mano–. No soy tu enemigo.

Una vocecita interior advirtió a Lia que tuviera cuidado. ¿Sería aquella otra de las tácticas de Zandro para conseguir lo que quería, para convencerla de que dejara de luchar? ¿Sabría cómo la afectaba su cercanía? Haciendo un esfuerzo, retiró sus manos de las de Zandro.

–¿Has pensado en la posibilidad de trasladarte a Australia? –preguntó él.

–No puedo hacer eso.

–¿No puedes? Pero debemos llegar a alguna clase de acuerdo, Lia. Supongo que eso lo comprendes.

–¿Renunciarías a Nicky si viniera a vivir a Australia? –preguntó Lia.

Zandro permaneció unos segundos en silencio.

–No puedo prometerte eso.

Al menos era sincero. Lia se apartó de él. Era evidente que no hacía promesas que no podía mantener. Pero las que la preocupaban eran sus propias promesas. Las había hecho de buena fe, sin saber lo difícil que sería llevarlas a cabo.

Al oírla suspirar, Zandro dijo:

–¿Por qué no descansas un rato antes de la cena?

Lia sonrió con tristeza.

–¿Qué vas a hacer tú? –preguntó distraídamente, sólo por decir algo para distraerse de sus pensamientos.

–Voy a bañarme en el mar. ¿Por qué no vienes?

La sorpresa hizo que Lia se quedara muy quieta. Zandro la miró en silencio, casi retándola, y la sutil vibración que había en el ambiente hizo que se le agitara la respiración y que una descarga de adrenalina recorriera sus venas.

Debía decir no. Lo sabía. Lo razonable habría

sido mantener las distancias, pero en su interior había despertado una arriesgada curiosidad por conocer a aquel hombre complejo y contradictorio que emanaba una sexualidad que casi la asustaba.

–De acuerdo –se oyó decir–. Iré a cambiarme.

«Esto es una locura», se dijo unos momentos después, mientras contemplaba sus largas piernas emergiendo de un diminuto bañador que se ceñía a cada curva de su cuerpo. El sujetador era bastante más revelador de lo que recordaba.

Se puso unas sandalias, tomó una gran toalla con la que se envolvió como si fuera un sarong y bajó preguntándose si debería echarse atrás. Pero cuando vio a Zandro en el vestíbulo en bañador, con una toalla al cuello y mirándola con evidente interés mientras bajaba, supo que echarse atrás no era una opción.

Zandro abrió la puerta en silencio y caminaron juntos hasta la playa.

El baño resultó realmente refrescante y Lia disfrutó nadando más de lo que esperaba. Cuando finalmente salió se sentía viva y palpitante. Se frotó el pelo con la toalla mientras Zandro se tumbaba en la suya y la contemplaba la cabeza apoyada en una mano.

Tras un momento de duda Lia extendió su toalla a una prudente distancia y se tumbó boca abajo con el rostro oculto entre los brazos.

Tras sus párpados cerrados aún podía ver el

magnífico cuerpo de Zandro tumbado junto a ella. El interés masculino con que la había mirado había sido evidente, aunque no lo había hecho con ningún descaro. Un agradable estremecimiento recorrió su cuerpo.

–¿Tienes frío? –preguntó Zandro.

Lia sintió que algo se deslizaba por su brazo y supo que era un dedo de Zandro.

Alzó involuntariamente la cabeza y se apartó. Aquello era demasiado tentador, demasiado arriesgado.

Él apartó su mano.

–Nunca te haría daño, Lia.

Sí lo haría si algún día descubría su duplicidad, pensó ella. Se pondría furioso y sería implacable en su venganza. Volvió a estremecerse y se sentó bruscamente.

–Tienes frío –dijo Zandro.

–Sí –Lia se aferró a aquella excusa a la vez que empezaba a levantarse.

–No huyas –Zandro se levantó y puso su toalla sobre los hombros de Lia–. Quédate –añadió con suavidad.

Unas conflictivas emociones se agitaron en el interior de Lia. Confusión, sensación de culpabilidad por sentirse atraída por el enemigo... y deseo, alentado por el silencioso pero evidente reconocimiento de su feminidad por parte de Zandro.

–No te asusto, ¿verdad? –preguntó él con delicadeza.

–No –mintió Lia, aunque jamás habría admitido la verdad–. Claro que no –añadió en un tono forzadamente burlón.

Zandro sonrió y ella tuvo la sensación de que no la había creído.

–Has cambiado –dijo meditativamente–. A veces pareces una Lia completamente distinta a la que conocía.

Aquel hombre era peligrosamente perspicaz, pensó ella mientras apartaba la mirada. Si quería llevar adelante su plan debía mantenerse alejada de él.

–En realidad nunca llegaste a conocerme –murmuró.

–Puede que no. Estaba más preocupado por mi hermano, y después por Nicky.

Lia había sido la última de sus prioridades.

–Al menos cuidaste de Nicky.

–También traté de cuidar de ti. Por el bien de Rico.

–¿En serio? No creo que intimidar a alguien se el modo más adecuado de hacerlo.

–Siento que lo vieras de ese modo.

La delicadeza que estaba percibiendo en Zandro casi convenció a Lia de que había hecho lo que había podido, tanto por Nicky como por la madre de Nicky. ¿Sería posible que pudiera confiar en él?

Pero si confesaba la verdad, ¿volvería a confiar él alguna vez en ella?

–Sigo teniendo frío –dijo–. Voy a volver a casa, pero no hace falta que me acompañes.

Zandro se levantó de todos modos y la acompañó.

–¿Fue la muerte de tu hermana y el hecho de quedarte sin ninguna familia lo que te animó a reclamar a Nicky? –preguntó mientras caminaban.

–¿Crees que soy tan egoísta como para utilizarlo como una especie de osito de peluche para mi propio consuelo?

Zandro frunció el ceño.

–En otra época tal vez habría pensado eso, pero ahora no lo sé. No habría sido sorprendente que hubieras tomado la decisión influida por el pesar.

–No fue una decisión repentina. Pero no pude venir antes... Mi hermana me necesitaba.

Una vez en la casa Lia subió rápidamente a su dormitorio. No sólo temía delatarse; también necesitaba huir de la amenaza emocional que representaba Zandro. Especialmente cuando se mostraba amable. Su compasión había parecido sincera, pero enseguida había buscado algún defecto en su intención de llevarse a Nicky. Todo se reducía a eso.

Al mirarse en el espejo sintió un involuntario estremecimiento de placer al recordar las evidentes miradas de aprobación que había dedicado Zandro a su cuerpo.

Se apartó rápidamente del espejo y se quitó el bikini antes de meterse en la ducha.

Temiendo bajar la guardia, decidió tomar el camino de los cobardes. Debía apartarse de aquella peligrosa atracción y tratar a Zandro con una cortesía distante parecida a la que Domenico utilizaba con ella.

El jueves, cuando fue al cuarto de estar antes de comer, supo que la familia esperaba invitados y que Bárbara no iba a reunirse con ellos. De inmediato, Lia se ofreció a comer en la cocina.

–¡No, no! –protestó la señora Brunellesci.

–Desde luego que no –dijo Zandro–. Comerás con nosotros, como de costumbre.

Incluso Domenico intervino.

–No solemos enviar a nuestros invitados a comer a la cocina.

–Pero Bárbara...

–Ha sido decisión suya –dijo Zandro.

Lia se preguntó si ella no tenía opción de decidir, pero el timbre de la puerta sonó antes de que pudiera hablar. Unos momentos después Zandro regresaba al cuarto de estar con dos mujeres y un hombre que rondaban los treinta años. El hombre era comerciante de vinos, y una de las mujeres, una periodista, era su socia.

La otra mujer, una belleza morena de ojos negros y con una magnífica figura era Rowena Hayes, una antigua modelo que aparecía regularmente en diversas revistas femeninas que también se publicaban en Nueva Zelanda y que presentaba un popular programa de entrevistas en televisión.

Durante la cena, Rowena estuvo sentada junto a Domenico y Zandro, pero prestó casi toda su atención a este último. La mayoría de los hombres se habrían sentido aturdidos, pero Zandro mantuvo su serenidad habitual, aunque no había duda de la calidez de sus miradas. Durante los postres, Rowena susurró algo junto a su oído que los demás no pudieron escuchar y una lenta sonrisa curvó los labios de Zandro antes de que le respondiera en el mismo tono.

Estaban flirteando. No había motivo para irritarse por ello. Tal vez incluso mantenían una relación. El lunes por la noche Zandro había regresado a casa por la noche cuando todo el mundo estaba ya acostado.

–¿A qué te dedicas, Lia?

Lia, que aún estaba especulando sobre la relación de Rowena y Zandro, tardó un momento en reaccionar al oír la pregunta que le hizo el comerciante en vinos.

–Soy bibliotecaria –contestó automáticamente.

Zandro le dedicó una penetrante mirada desde el otro lado de la mesa.

–Creía que trabajabas como agente de viajes.

Lia comprendió demasiado tarde que acababa de meter la pata.

–Durante una temporada –contestó mientras tomaba un trozo de carne con su tenedor. Después se volvió hacia su vecino y comenzó a hacerle preguntas sobre la industria del vino en Australia.

Sintió un gran alivio cuando la cena terminó y pasaron al salón a tomar el café. Cuando Zandro le ofreció una taza, se excusó diciendo que estaba cansada y que iba a subir a su dormitorio.

Se despidió de todos consciente de que, por algún motivo, Zandro parecía enfadado con ella. Lia pensó que debería haberse alegrado de que se fuera, pues así podría concentrarse de lleno en su famosa novia.

El recuerdo del beso que le había dado Zandro en la residencia para mayores resurgió con intensidad mientras subía las escaleras. Si mantenía una relación con Rowena, se dijo, enfadada, no tenía derecho a besar a otra mujer.

Una vez acostada no logró conciliar el sueño. Oyó el sonido de las voces de los invitados antes de que se fueran y escuchó la risa de Rowena en el vestíbulo.

¿Estaría pensando Zandro en casarse con ella? Tal pretendía con ello reforzar sus posibilidades para hacerse con las custodia de Nicky. Una pareja tendría muchas más posibilidades de conseguirla que una mujer soltera.

¿Sería buena madre una estrella de la televisión acostumbrada a la vida pública? Pero no podía juzgar a Rowena después de haber pasado tan sólo una semana en su compañía. La fama no excluía los sentimientos maternales normales.

Desasosegada, Lia se preguntó cómo había llegado a verse envuelta en aquella situación sin salida, por qué.

Se había visto persuadida por una petición desesperada en el lecho de muerte.

Pero era más que eso. «Estabas consumida por la culpabilidad», susurró una voz interior. «Querías expiar tus culpas por lo que dejaste de hacer».

Trató de pensar desapasionadamente en el problema de Nicky. ¿Cómo iba a dejarlo con los Brunellesci después de todo lo sucedido con Rico? ¿Pero podía llevárselo del país, de la única casa y familia que conocía, de la comodidad y la seguridad a las que ya estaba acostumbrado? Zandro no la dejaría salirse con la suya fácilmente. Trataría de encontrarla y ella tendría que pasarse la vida huyendo, algo que no podía ser bueno para el niño.

De pronto oyó un grito apagado seguido de otro más intenso procedente del cuarto del niño.

Salió de la cama en un instante y fue rápidamente por el pasillo hasta el dormitorio de Nicky. La puerta estaba abierta y cuando se asomó vio

Zandro inclinado sobre la cuna. Bárbara apareció a su lado poniéndose la bata.

–¿Quieres que...?

–No te preocupes, Bárbara –dijo Zandro mientras tomaba al niño en brazos–. Yo me ocupo de él.

La niñera dudó y luego volvió a la habitación contigua. Zandro no había notado que Bárbara no era la única mujer que había en la habitación. Al volverse vio a Lia y pareció sorprendido.

–He oído llorar a Nicky y he venido –explicó ella.

Los sollozos del niño habían remitido y aferraba con una manita la camisa de Zandro. Éste lo besó en la frente.

–No creo que tenga fiebre. Probablemente era una pesadilla.

–Es posible que se haya despertado con el ruido de las visitas al irse.

–¿Te han despertado a ti? –preguntó Zandro.

–No, no estaba dormida.

–Nos has abandonado muy temprano.

Lia percibió un matiz de reproche en el tono de Zandro, pero se limitó a encogerse de hombros. Él miró a Nicky, que había vuelto a dormirse, y lo dejó cuidadosamente en la cuna. Tras contemplarlo unos momentos, dijo:

–Se parece mucho a su padre.

–Eso piensa tu madre. Me dijo que Rico era un niño feliz, pero tú comentaste que estaba demasiado mimado.

–Eso no me impedía quererlo. Todo el mundo quería a Rico.

Lia captó un destello de amargura en el tono de Zandro.

–¿Pensabas que a ti no podían quererte tanto?

–¿Podrías tú? –preguntó Zandro y, sin esperar respuesta, rió inesperadamente–. Ambos sabemos cómo era Rico. ¿Cómo podía evitar uno quererlo?

Afortunadamente, era una pregunta retórica. Tras un momento de silencio, Zandro se apartó de la cuna, tomó a Lia del brazo y salieron del dormitorio. Tras mirar un momento el breve camisón de Lia, la tomó por la barbilla, inclinó la cabeza y le dio un beso firme y cálido antes de apartarse.

–Buenas noches, Lia –murmuró ante la sorpresa de ésta, y a continuación giró sobre sí mismo y se encaminó hacia su cuarto.

Lia tardó unos segundos en reaccionar y volver a su dormitorio.

Era posible que Zandro hubiera envidiado la naturaleza alegre y risueña de Rico, su capacidad para despertar afecto, pero, como sus padres, también había debido sufrir mucho con la muerte de su hermano. Debían haber encontrado algo de consuelo en poder ocuparse de su hijo, y Lia ya no tenía ninguna duda del amor que sentían los tres por el niño.

Estuvo dando vueltas en la cama hasta el amanecer. Finalmente se levantó y para cuando el sol comenzó a asomar por el horizonte ya había tomado una decisión.

Al día siguiente Zandro no fue a comer y la señora Brunellesci dijo que había tenido que quedarse en la oficina. Cuando apareció después de cenar en la entrada del cuarto de estar, Lia pensó que su expresión parecía más severa que nunca.

Su madre le ofreció un café, pero Zandro negó con la cabeza.

–No, gracias, mamá –volvió la mirada hacia Lia y añadió–: Quiero hablar contigo.

La señora Brunellesci no ocultó su sorpresa ante la sequedad del tono empleado por su hijo, y Domenico lo miró con curiosidad, pero Zandro no los estaba mirando.

–Hablaremos en mi estudio–añadió en tono autoritario.

Lia estuvo a punto de negarse a obedecer, pero sabía que tenía que hablar con él en algún momento, y retrasar aquella conversación no le serviría para liberarse del trozo de plomo que parecía haber ocupado el sitio de su corazón.

–¿Sobre qué? –preguntó mientras se levantaba.

–No creo que quieras hablar de ello aquí –dijo Zandro severamente.

Su padre frunció el ceño pero no dijo nada. La señora Brunellesci pareció decidir seguir su ejemplo.

Zandro hizo un gesto para que Lia lo precediera y fueron a su estudio. Una vez en éste señaló una silla.

–Siéntate –dijo mientras permanecía ante la puerta como si quisiera evitar que huyera.

–No voy a sentarme si tú vas a permanecer de pie. ¿A qué viene todo esto?

–Esa pregunta debería hacértela yo.

El rostro de Zandro parecía un poco más pálido de lo habitual y Lia sintió que se estaba conteniendo. Con el corazón encogido, se dijo que no debía sacar conclusiones precipitadas.

–No sé de qué estás hablando.

Un destello de furia iluminó la mirada de Zandro.

–No me vengas con ésas. El juego ha terminado. No sé cómo has podido creer en algún momento que podías salirte con la tuya.

–¿Con... qué? –Lia sabía muy bien de qué estaba hablando, pero se aferró ridículamente a la esperanza de poder explicarse, de hacerle comprender antes de que la condenara.

Zandro se acercó a ella con expresión acusadora.

–Con tu farsa –dijo con aspereza.

Lia sentía que la cabeza iba a estallarle y que estaba a punto de vomitar. De algún modo logró contener las náuseas mientras miraba con temor los oscuros y amenazadores ojos de Zandro.

–Lia Cameron murió hace dos meses –masculló él entre dientes–, dejando sólo un superviviente de su familia: su hermana gemela, Cara.

Capítulo 7

TÚ ERES Cara, ¿verdad? –sin esperar respuesta, Zandro tomó a Lia por la barbilla e inspeccionó su rostro con expresión despiadada–. Si hubiera sabido que Lia y su hermana eran gemelas tal vez habría sospechado, pero Rico nunca mencionó ese detalle. Ni ella.

–¿Cómo... lo has averiguado? –logró preguntar Lia.

–He hecho que un investigador privado hiciera averiguaciones sobre ti, o más bien sobre Lia, desde que apareciste.

–Iba... a decírtelo –dijo Lia, pero sus palabras sonaron poco convincentes incluso a sus propios oídos. Nunca lograría convencer a Zandro de que la noche anterior había llegado a la conclusión de que nada podría justificar que se llevara a Nicky de allí.

El hijo de su hermana debía permanecer con sus abuelos, los únicos que tenía, con sus primas, que lo adoraban, con su tío, que lo quería y estaba dispuesto a cuidarlo del mejor modo posible. Ella sólo podía esperar tener un poco de influencia en su crianza, y estar a su disposición cuando Nicky sintiera la necesidad de alguien conectado con su madre.

–¿Cuándo? –preguntó Zandro, incrédulo.

–Esta... esta noche, probablemente –Cara tragó con esfuerzo–. Lia... –empezó, pero tuvo que interrumpirse para tratar de controlar las lágrimas.

Zandro las vio.

–Siento que perdieras a tu hermana –dijo, y un destello de compasión atemperó su dura mirada–. Si te hubieras puesto en contacto con nosotros habríamos podido llegar a algún acuerdo para que siguieras viendo a tu sobrino, pero después de esto... ¿Por qué lo has hecho?

–¡Porque Lia quería que yo tuviera al bebé! Y Rico nunca quiso que trataran a su hijo como lo trataron a él.

–¡Rico fue tratado como un auténtico príncipe! –espetó Zandro–. Ya te dije que mis padres lo mimaron lo indecible.

La vehemencia de su tono convenció a Lia de que sus sospechas eran ciertas.

–¿Tenías celos de él?

La expresión de Zandro se volvió sombría.

–Más bien al revés.

–¿Al revés? –repitió Lia, asombrada.

–Una de las cosas que nos echó en cara antes de irse fue que mi padre ya no necesitaba ocultar su preferencia por su hijo favorito, que por lo visto era yo, porque estaba dispuesto a seguir sus pasos y a ser el báculo de su vejez. Eso no era cierto, por supuesto, pero no he parado de tratar de compensarlo por ello a través de su hijo.

–No es así como lo veía Lia. Vino a mi casa enferma y con el corazón destrozado, diciendo que todo era culpa vuestra...

–¿Y la creíste?

–No sé... –admitió Lia, que sintió que estaba traicionando a su hermana–. Tú te llevaste al bebé...

–¿Y sabes por qué?

–Lia me dijo que en el hospital le habían dado analgésicos y pastillas para dormir mientras se recuperaba y que le habían ayudado a superar su dolor por la muerte de Rico. Después no podía pasar sin ellas, pero estaba decidida a liberarse de la dependencia y a recuperar a su bebé.

–¿Te dijo que Rico había consumido un cóctel de drogas ilegales cuando tuvo el accidente?

–El accidente se había borrado de sus recuerdos. Lia sufrió una conmoción cerebral además de otras lesiones. Lo único que sabía era que agradecía que Nicky hubiera ido bien sujeto en su sillita y no hubiera sufrido ningún mal –angustiada, Cara añadió–: ¡Si se hubiera puesto en contacto conmigo entonces! Perder a Rico del mismo modo que perdimos a nuestros padres debió ser muy traumático para ella. Pero no me enteré de nada hasta que vino a casa.

–¿No os manteníais en contacto?

–A veces. Pero después de que conoció a Rico perdimos bastante el contacto.

–¿No sospechaste en ningún momento que algo iba mal?

–Quise ir a verlos cuando supe que Lia estaba embarazada, pero me pidió que esperara a que el bebé hubiera nacido –Clara hizo una pausa y suspiró apesadumbrada–. No quería entrometerme.

–Al menos sabías algo más que nosotros –dijo Zandro con aspereza–. Nosotros no supimos nada del niño hasta que nos llamaron del hospital para comunicarnos que Rico había muerto. Encontraron el teléfono de mis padres en una tarjeta que llevaba encima. Lia también estaba ingresada, pero no dejó que nos lleváramos al bebé. En cuanto pudo, se dio el alta a sí misma y se fue con él del hospital. Cuando la encontré de nuevo compartía un pisito con otro par de... personas. El lugar era un desastre y los vecinos se dedicaban a golpear las paredes cuando el niño lloraba.

–¿No crees que estás exagerando? –preguntó Cara sin demasiada convicción.

–No. Tuve que amenazarla con denunciar la situación a las autoridades para convencerla de que viniera aquí con Nicky.

Cara movió la cabeza, desconcertada.

–Traté de localizarla pero jamás respondía al teléfono, y después lo cortaron. Estaba preocupada, pero finalmente fue ella misma la que me llamó y me dijo que se había trasladado y que estaba muy ocupada con el bebé. No entiendo por qué no me explicó la situación. ¡Ella sabía que habría hecho cualquier cosa por ayudarla!

–No quería ayuda. Lo sé muy bien porque yo se la ofrecí de todos los modos posibles.

–¡Pero yo no le habría quitado a su hijo! ¡Soy su hermana!

–Tal vez no quería que vieras el caos en que se había convertido su vida.

Cara cerró un momento los ojos y volvió a abrirlos.

–Quiso independizarse tras la muerte de nuestros padres –dijo con un hilo de voz–. Por eso vino a Australia. Sola.

Lia le había dicho que en otro lugar podría empezar de nuevo. A diferencia de Cara, que encontró cierto consuelo tras la muerte de sus padres en seguir en el entorno familiar, Lia necesitó distanciarse de los recuerdos.

Cara le pidió que esperara un poco para irse, pues temía que aún no estuviera suficientemente recuperada del golpe, pero Lia se negó en redondo.

Entonces tuvieron la discusión más fuerte de su vida. Cara trató de apartar aquel insoportable recuerdo de su mente.

–Pero al final acudió a ti –dijo Zandro.

–Después de una sobredosis de pastillas para dormir.

–Supongo que te extraño que no llevara a Nicky consigo, ¿no? –preguntó Zandro con el ceño fruncido.

–No me enteré de que no lo traía hasta que fui al aeropuerto. Cuando la vi... todas mis demás preocupaciones se esfumaron. Estaba tan pálida y delgada que apenas la reconocí. No me contó lo que había pasado con Rico y Nicky hasta que llegamos a casa. Entonces me lo contó todo entre lágrimas y sollozos, incluyendo que prácticamente la habías obligado a que te entregara a Nicky –Cara suspiró–. No fue fácil para ella dejar las pastillas. Y la sobredosis había afectado seriamente a su hígado. Los médicos no pudieron hacer nada. Al final no tuvo más remedio que tomar analgésicos, aunque se resistió lo más posible.

Cara se estremeció y Zandro la tomó con delicadeza por los hombros. Ella lo miró a los ojos.

–¿De verdad trataste de ayudarla? –preguntó.

–Todo lo que pude –contestó Zandro con convicción–. Concerté para ella unas citas con un psicólogo pero dejó de asistir. Por lo visto había encontrado un proveedor aquí.

–¿Un... proveedor?

–Lia no podía conseguir todas esas pastillas legalmente, Cara. No sólo hay un mercado ilegal de drogas duras.

Cara tuvo que cerrar los ojos para asimilar aquella información y Zandro la retuvo contra sí. Repentinamente agotada, apoyó la cabeza contra su pecho. Lia había mentido... al menos por omisión.

–No puedo creerlo –murmuró. Se había esforzado tanto en no creer aquellas cosas terribles sobre su hermana. De pronto pensó algo horrible y alzó el rostro–. Si Lia tomó drogas mientras estaba embarazada.

–Hice que un médico lo examinara en profundidad y no encontró ningún problema.

–Lia no habría puesto en peligro a su bebé –protestó Cara–. La destrozó que le quitaran al bebé.

–Los adictos tienen un punto de vista muy limitado del mundo. Nada es más importante que la siguiente dosis. Probablemente, el bebé no le pareció real hasta que nació. No fue capaz de poner sus necesidades por delante.

–¡Lo hizo cuando la convenciste de que Nicky estaría mejor sin ella!

–No hasta que le ofrecí dinero.

–¡No! –fue una protesta más que una negativa. Cara trató de apartarse de Zandro, pero éste se lo impidió–. ¡Estás diciendo que vendió a su hijo!

–Supongo que a su modo lo amaba, pero Lia no era de fiar en aquellos momentos de su vida. Luego trató de huir con el bebé, pero yo no estaba dispuesto a permitir que arruinara la vida de Nicky además de la suya.

Cara se estremeció.

–Lia me dijo que la amenazaste...

–La amenacé con exponer su hábito y su incapacidad como madre a las autoridades. O eso, o me cedía la custodia de Nicky. Pero lo que la convenció definitivamente fue la oferta de una fuerte cantidad de dinero para que se fuera y no tratara de volver a ponerse en contacto con Nicky... –el arrepentimiento suavizó momentáneamente la expresión de Zandro–. Aunque sabía que la estaba arrojando de nuevo a la vida que había llevado con Rico.

–¡Pero sin él! ¿Cómo pudiste...?

–¡Tenía que pensar en Nicky! Un día, Lia empujó a la niñera que habíamos contratado y se encerró en su habitación con el niño. Aquello fue la gota que colmó el vaso. El niño no paraba de llorar y, cuando por fin logramos entrar, Lia atacó a mi madre. Mi padre quiso echarla en aquel mismo momento. Yo no podía permitir que las cosas siguieran así. Era una situación peligrosa e insegura para el bebé.

Cara comprendió que Zandro no podía estar inventándose todo aquello. Ella había llegado a Australia creyendo que era un monstruo sin sentimientos, pero después de aquellos días ya sabía que simplemente era humano y que su código de conducta no le permitiría difamar a una mujer muerta.

Tragó con esfuerzo y volvió a cerrar los ojos al sentir que las sienes le palpitaban.

–Será mejor que te sientes –dijo Zandro–. Estás pálida.

Cara dejó que la acompañara hasta una silla.

–¿De quién fue la absurda idea de esta impostura? –preguntó él en cuanto estuvo sentada.

–De Lia –Cara la vetó de inmediato, pero Lia se puso frenética. Y se estaba muriendo–. Le dije que solicitaría la custodia, pero me convenció de que no tendría nada que hacer contra vuestro dinero y vuestros abogados.

–¿Y qué pensabas hacer? ¿Hacerte pasar por tu hermana el resto de tu vida?

–Pensaba desaparecer con Nicky –confesó Cara, que bajó la mirada al ver un nuevo destello de furia en la mirada de Zandro–. Ir a algún lugar donde no nos conocieran. Tal vez me habría cambiado de nombre.

–Te habría encontrado de todos modos. No lo dudes. ¡Ni siquiera eres su verdadera madre!

–Lo sé. Pero Lia y Rico...

–Rico no habría querido que su hijo fuera criado por una desconocida.

–Tampoco quería que lo criara su familia. ¡Ni siquiera os había dicho que tenía un hijo!

Los labios de Zandro se comprimieron en una tensa y fina línea.

–Y eso destrozó a mi madre. Era su primer nieto...

–Lia dijo...

–Lia no era un testigo de fiar –interrumpió Zandro, exasperado–. Es posible que mi padre fuera excesivamente duro a veces, que mostrara su decepción perdiendo los estribos. A fin de cuenta es italiano y por tanto no sabe ocultar sus sentimientos. Pero este absurdo plan... ¿en qué diablos estabas pensando?

–En Nicky –respondió Cara, que de pronto se sintió terriblemente agotada. Rico había exagerado a Lia el interés de su familia por el dinero a expensas de las relaciones, Lia lo había creído y se lo había transmitido a ella. Y había mentido sobre su propia culpabilidad–. Supongo que ahora me echarás de tu casa, pero no estoy dispuesta a renunciar por completo a Nicky. Soy su tía.

–¿Echarte? Eso no resolvería nada. Y si aún no se te ha ido de la cabeza la idea de secuestrar al niño, olvídala. Te perseguiría hasta encontrarte y me aseguraría de que te arrepintieras durante el resto de tu vida.

Las amenazas de Zandro hicieron que Cara volviera a recelar de él.

–Ya me advirtió Lia sobre ti –dijo en tono acusador–. No hace falta que te pongas en plan matón. Has ganado. ¿No te basta con eso?

–Estoy dispuesto a proteger a mi familia con todos los medios de que dispongo. Y Nicky es familia mía. Si eso me convierte en un matón, también lo son todos los hombres que tratan de proteger a los suyos.

–¡Yo nunca le haría daño a Nicky! Y no voy a tratar de llevármelo... aunque ello suponga romper la promesa que le hice a mi hermana.

–Las promesas solicitadas por un moribundo son puro chantaje –dijo Zandro con dureza–. Nunca deben considerarse vinculantes.

–Lia estaba desesperada... pero reconozco que el plan era absurdo. Ya me había dado cuenta antes de que lo descubrieras –dijo Cara, aunque ya le daba igual lo que creyera.

–Estás agotada. ¿Por qué no te vas a la cama? Yo me ocuparé de explicárselo todo a mis padres.

Cara se puso en pie.

–Debería ser yo la que lo hiciera.

–¿De verdad quieres hacerlo?

–No, pero...

–No te describiré como una impostora perversa –dijo Zandro casi con delicadeza. Luego fue hasta la puerta del estudio y la abrió para indicar que la conversación había terminado.

Cuando Cara pasó junto a él, la tomó por los hombros y la besó en los labios. Fue un beso breve y electrizante, y Cara sintió que una oleada de calor recorría su cuerpo de la cabeza a los pies. Cuando lo miró vio en los ojos de Zandro una extraña mezcla de rabia y puro deseo.

–No me gusta que me tomen por tonto –dijo él con aspereza, como si el beso hubiera sido una especie de venganza.

Cara entendió. De algún modo, la rabia de Zandro estaba mezclada con la pasión, algo que no le gustaba y que no lograba entender mejor que ella.

Subió las escaleras y pasó por la habitación de Nicky antes de acudir a la suya. Él era todo lo que le quedaba de su querida hermana.

–Ella te quería –susurró junto a la cuna–. Tu mamá te quería mucho.

Sin embargo lo había dejado con los Brunellesci. Lia no habría hecho aquello a menos que hubiera sabido en el fondo que Nicky estaría a salvo con ellos. Tal vez más que con su propia madre, aunque no hubiera querido admitirlo.

El desayuno resultó incómodo. Cuando Cara entró en el comedor Domenico la miró con expresión de censura y la señora Brunellesci parecía confusa y avergonzada. Zandro se levantó para apartar una silla de la mesa, pero antes de sentarse, Cara dijo:

–Siento haberos mentido, pero sentía que no tenía otra opción que hacer lo que mi hermana me había pedido.

Domenico se limitó a asentir rígidamente.

–Lamentamos la muerte de tu hermana.

–Sí, ha sido una pérdida muy triste –dijo su mujer que, tras mirar a su hijo, añadió con ansiedad–: Zandro dice que ya no puedes quitarnos al niño.

–No tienes por qué preocuparte, mamá –dijo Zandro–. Nicky es nuestro.

–Es el hijo de mi hermana –especificó Cara.

–Y de mi hermano.

–Es sobrino tuyo y de Cara –aclaró la señora Brunellesci.

–Hablaremos de ello más tarde –decretó Zandro–. Ya llegaremos a algún acuerdo.

Cara supuso que debería estar agradecida. Aunque hubiera ganado, parecía que Zandro quería portarse magnánimamente.

Aquella tarde, cuando Zandro volvió de trabajar, Cara le dijo que quería hablar con él a solas.

–Podría venir a Australia a vivir cerca de vosotros. Espero que no te opongas a eso –trató de no hablar en tono de ruego, pero sabía que estaba en desventaja.

–Dijiste que no te conformarías con unos simples derechos de visita.

–Supongo que ahora no puedo esperar más –Cara alzó levemente la barbilla al añadir–: Pero si llego a descubrir que tratáis mal a Nicky, te advierto que llevaré el asunto a juicio y lucharé por su custodia.

–Perderías –replicó Zandro, cortante–. Nicky nunca será mal tratado en esta casa.

Cara notó que su mirada se volvió casi meditabunda mientras la observaba. Algo cambió en ella, algo de una inquietante intensidad, y Cara sintió como si una cálida brisa estuviera acariciando su piel. La firme boca de Zandro se suavizó de un modo apenas perceptible y sus preciosos y varoniles labios se entreabrieron.

–¿Qué? –preguntó Cara, aturdida, tratando de no caer en el hipnótico brillo de su mirada.

–Tengo una idea –dijo él de pronto–. Una solución.

Cara pensó que quería utilizar su considerable magnetismo sexual para convencerla de que hiciera algo de lo que podría arrepentirse. Tuvo que hacer un considerable esfuerzo para apartarse de él.

–Si aceptas mi propuesta, hay una forma de solucionar el dilema –dijo Zandro.

–¿Qué propuesta? –preguntó Cara, cautelosa.

–Cásate conmigo.

Capítulo 8

CARA se quedó boquiabierta.

–¿Casarme contigo?

–Eso resolvería el problema. Si adoptamos a Nicky tendremos los mismos derechos y las mismas responsabilidades. Y así Nicky conservará el contacto con ambas partes de la familia.

–Pero... ni siquiera nos conocemos bien. ¡Hasta ayer pensabas que era otra persona!

–Sabía que no eras la misma mujer que había conocido.

–¿Lo adivinaste?

–No. Creía que eras Lia. Pero pensaba que tal vez habías vuelto a encontrarte contigo misma al dejar el hábito. Cuando descubrí la verdad, todo encajó.

Cara apartó un mechón de pelo de su frente. Aquello era una locura.

–¿Casarnos? ¿Un arreglo conveniente para Nicky? ¿Y qué obtendrías tú de ello?

Zandro pareció recapacitar un momento en su pregunta.

–Siempre he tenido intención de casarme algún día. ¿Tú no?

–¿Quieres casarte con una desconocida?

–Sé bastante sobre ti, Cara.

–¿Gracias a tu detective? No puede haber descubierto nada de lo que me avergüence.

–Nada –asintió Zandro–. Fuiste una buena estudiante y te graduaste en Arte y Literatura en la universidad. Luego hiciste la especialidad de bibliotecaria y trabajaste en una biblioteca pública hasta que renunciaste para ocuparte de Lia. Tenías un novio que pareció esfumarse después de que Lia acudiera a ti.

–Estaba demasiado cansada y tensa como para ser buena compañía. No lo culpo por hartarse –Cara no pudo evitar una punzada de dolor al recordar.

–Si no fue lo suficientemente hombre como para permanecer a tu lado cuando las cosas iban mal, no te perdiste nada.

Aunque Zandro se expresó con mucha crudeza, Cara tuvo que reconocer que tenía razón. Pero eso no impidió que durante un tiempo se sintiera muy sola y culpable por haber descuidado la relación.

–Lia era más importante –murmuró.

–Eso es algo más que he averiguado sobre ti. Estás dispuesta a sacrificarte por aquellos a los que quieres.

Cara se encogió de hombros, incómoda.

–Te gusta el mar, y el café con un poco de azúcar –continuó Zandro–. También sé que cantas bastante bien porque te he oído cantarle a Nicky, y que te llevas bien con la gente. Tomas largas duchas... –Zandro sonrió al ver que Cara abría los ojos de par en par–. Tu baño y el mío son contiguos. Y sueles salir oliendo a manzanas y violetas –añadió con voz ronca y un travieso brillo en la mirada.

–Jabón y champú –dijo Cara débilmente, convencida de que Zandro la estaba imaginando desnuda en la ducha. De pronto sintió un intenso calor–. Todo eso no hace que conozcas realmente a una persona.

–Pero ayuda. Conozco tu opinión sobre varios temas y sé que te preocupan los derechos de los niños y el bienestar de los animales.

Habían hablado de todo ello en algún momento durante aquellos días. Cara supuso que ella también sabía bastante sobre él, y le había sorprendido comprobar que compartían varios gustos y puntos de vista.

–Eres una persona compasiva –continuó Zandro–. Cuidaste a tu hermana devotamente hasta el final y te preocupas por los demás en general.

–Veo que me has investigado a fondo –dijo Cara, incómoda–, pero esto...

–Es una solución razonable. Todo el mundo gana. Y no quiero que veas esto como un arreglo frío y meramente práctico. Puede que sí conveniente, pero hay suficientes chispas entre nosotros como para lograr que llegue a ser... muy estimulante.

Cara sabía que habría sido una tontería creer que Zandro le estaba proponiendo una relación sin sexo. Un hombre tan varonil como él no se conformaría con el celibato. A menos que...

–¿No tienes novia? –preguntó antes de darse cuenta de lo que estaba haciendo.

–En este momento no.

¿Habría dejado a Rowena, o sólo estarían a punto de empezar la relación cuando flirtearon durante la cena? Cara iba a decir algo cuando él continuó hablando.

–Y no tendré ninguna después de casarme. Considero que el matrimonio es un contrato vinculante y sagrado. No habrá otras mujeres en mi vida –su mirada se oscureció cuando añadió–. Y doy por sentado que no habrá otros hombres en la tuya. No pienso permitir que vuelvas a tomarme el pelo.

–¡Aún no he aceptado casarme contigo!

–No tienes por qué decidirte esta noche. Piensa en ello. Y mientras lo haces, piensa también en esto –cuando Zandro tomó a Cara entre sus brazos, ella se puso rígida–. Relájate. No tienes nada que temer.

–No estoy...

Zandro acalló a Cara besándola expertamente,

algo que ella notó y por lo que trató de sentirse molesta, pero su boca desprendía tal magia que unos instantes después era incapaz de pensar a causa de las sensaciones que la recorrían.

El beso duró mucho y se fue volviendo más y más apasionado. Finalmente, Zandro mordisqueó los labios de Cara antes de apartarse para observar su ruborizado rostro con una sonrisa.

–Quise hacer esto la primera vez que te vi, cuando te saqué del coche desde el que nos estabas espiando y me miraste como si fuera el mismísimo diablo. Pero no podía entenderlo. Nunca había sentido el más mínimo deseo de besar a Lia. Es extraño que no me diera cuenta antes de que no eras ella.

–Éramos idénticas.

–Pero siempre hay sutiles diferencias en la expresión, en los gestos y en el carácter.

–Pero tú no conociste a la verdadera Lia.

–Puede que no. Pero sé que fue muy afortunada por contar con una hermana como tú. Como yo lo seré si aceptas ser mi esposa... y la madre de Nicky.

–¡No estás enamorado de mí! –dijo Cara a la vez que se apartaba de él. Zandro la dejó ir, reacio.

–No he dicho que lo estuviera. Pero tengo muchas ganas de hacer el amor contigo. Y estoy seguro de que no te parecería precisamente repugnante compartir mi cama.

–¿Para siempre?

Zandro rió.

–No sería una sentencia a cadena perpetua –nuevamente serio, añadió–: Haré todo lo posible por hacerte feliz. A ti y a Nicky. No será el primer matrimonio que se celebre por causas ajenas al verdadero amor. Al parecer, los matrimonios entre personas que apenas se conocen tienen tantas probabilidades de salir bien como los otros. Muchas parejas permanecen unidas por el bien de sus hijos. ¿No podemos hacerlo nosotros por el mismo motivo?

Sonaba tan persuasivo, tan convincente. El beso había sido la apertura, pero Zandro ya estaba utilizando la artillería pesada.

Y llevaba la mejor mano. No necesitaba hacer aquello. La oferta era increíblemente generosa por su parte.

–¿No podríamos limitarnos a compartir la custodia?

–No sería lo mismo, y no sé si es posible legalmente. La situación podría complicarse si llegara a casarme con otra mujer.

–No sé –Cara se sentía perpleja. Probablemente todo aquello era un sueño y estaba a punto de despertar.

–Piensa en Nicky. Insististe en que necesitaba una madre. He pensado que si nos casamos tendrá una.

–¿Nunca has encontrado a la mujer adecuada?

Zandro se encogió de hombros.

–Si me parecía adecuada para mí no me lo parecía para Nicky.

¿Y había renunciado a ellas por el bien del niño?

–Debe haber una larga cola de mujeres decepcionadas en tu vida –dijo Cara.

–Una o dos –contestó Zandro con una sonrisa–. Hace menos de un año que me ocupo de Nicky y hacerlo me ha llevado mucho tiempo hasta que tú has aparecido. Toma el tiempo que necesites para decidirlo. Tal vez deberíamos salir.

–¿Salir? –repitió Cara.

–El cortejo es algo habitual en las parejas. Podríamos ir a ver un espectáculo y luego a cenar.

–¿Me estás pidiendo una cita?

–Te la estoy pidiendo. Di que sí.

En aquella ocasión fue Cara quien rió, con un toque de histeria añadido.

–¿Es tu forma habitual de pedirle a una chica que salga contigo?

–Normalmente funciona.

Cara asintió lentamente.

–Supongo que una cita no nos hará daño. De hecho, creo que nos vendrá bien para despejarnos.

Zandro se había puesto un esmoquin y, mientras bajaba las escaleras con el vestido de seda sintética de color topacio claro que había elegido para la ocasión junto con unos zapatos de medio tacón, Cara pensó que aceptar aquella cita había sido un error. Zandro parecía tan sexy, tan masculino y seguro de sí mismo... ¿Cómo iba a superar aquellas horas en su compañía sin acabar rendida a sus pies?

Cuando llegó al pie de las escaleras, Zandro le ofreció su brazo con una sonrisa.

–¿Vamos?

Durante el trayecto en coche hasta el teatro sólo hablaron de temas superficiales. Habían elegido un espectáculo musical y, a ratos, Cara logró olvidar su pesar por todos los acontecimientos recientes y el dilema en que se encontraba. Pero en ningún momento fue capaz de ignorar la presencia de Zandro a su lado.

Después del descanso, cuando las luces se apagaron, Zandro la tomó de la mano. Cara se puso momentáneamente tensa, pero unos segundos después se relajó. Cuando él le acarició la muñeca con el pulgar, perdió por completo el hilo de lo que estaba sucediendo en el escenario y tuvo que concentrarse en controlar su respiración y en ignorar las sensaciones que estaban consumiendo su cuerpo. Nunca había conocido a un hombre como Zandro, que podía afectarla de aquel modo con una simple caricia, y nunca se había sentido atraída por un hombre hasta el punto de ser incapaz de pensar con claridad. Aquel hombre había roto sus defensas con asombrosa facilidad y quería casarse con ella.

Y si el mero hecho de que la tomara de la mano la afectaba de aquel modo, ¿qué pasaría si hacían el amor?

Probablemente sería una experiencia increíble.

Aquel pensamiento no ayudó precisamente a relajarla. Nuevamente tensa, retiró su mano de la Zandro y trató de concentrarse en el espectáculo.

Pero, una vez fuera, Zandro volvió a tomarla de la mano.

–Hay un restaurante cercano al que podemos ir andando. ¿Te apetece? –sugirió.

–Por mí no hay problema.

El restaurante era pequeño e íntimo y, al ver la familiaridad con que Zandro trataba al *maître*, Cara no pudo evitar preguntarse si habría acudido allí con otras mujeres.

–Háblame de ti –dijo él tras encargar la comida.

–Tú ya pareces saber bastante sobre mí. ¿Por qué no empiezas hablando de ti?

Zandro sonrió, ligeramente sorprendido.

–De acuerdo –dijo mientras asentía–. No siempre hemos vivido donde vivimos ahora. Lo logramos gracias al duro trabajo de mi padre y al apoyo que siempre le ha prestado mi madre.

Habló de una infancia sin lujos durante la que compartieron la casa en que vivían con la familia de su madre, antes de trasladarse a las afueras cuando el negocio empezó a prosperar.

–Vinimos aquí cuando era un adolescente. Mi padre hizo construir la casa para mi madre. Era su sueño.

–¿Te llevabas bien con Rico entonces? –preguntó Cara mientras llegaba su comida.

–Nos queríamos mucho, aunque la diferencia de edad hacía que no tuviéramos mucho en común. Mi madre siempre ha lamentado no haber tenido una hija. ¿Y qué me dices de tu infancia, Cara? ¿Fue feliz?

–Mucho. Mis padres eran personas sensatas y afectuosas. Establecieron unas normas de comportamiento y se aseguraron de que las cumpliéramos. Los echamos... los echo mucho de menos.

–También debes echar de menos a tu hermana. Los gemelos suelen sentirse especialmente unidos, ¿no?

–A pesar de compartir muchos rasgos de carácter, siempre tuvimos distintas personalidades. Lia era más impulsiva y yo más cauta. Aunque yo era sólo unos minutos mayor que ella, siempre me sentí responsable de ella. Pero Lia quería verse libre de mí.

–¿De ti? –preguntó Zandro, sorprendido.

Cara sintió una familiar punzada en el corazón.

–Vino a Australia porque se sentía asfixiada.

Lia acusó a Cara de ser demasiado contenida, demasiado posesiva y dominante, de ser la favorita de sus padres por lo comedida y buena que era y de tratar siempre de decirle lo que debía y no debía hacer.

Cara se quedó asombrada al oír aquello. ¿Así era como interpretaba Lia el afán de protección que sentía por ella? Volvieron a hacer las paces enseguida, por supuesto, pero las acusaciones habían hecho mella en Cara, que se volvió más cautelosa. Si no hubiera sido por aquello, probablemente habría mantenido un contacto más continuado con Lia cuando se fue a Australia, y habría tomado un vuelo a Sydney al cabo de un tiempo para comprobar qué tal le iba.

Pero aquellos recuerdos eran aún demasiado dolorosos.

–Durante un tiempo fue muy feliz aquí. Estaba locamente enamorada de Rico.

–No se convenían el uno al otro –dijo Zandro con suavidad.

–Supongo que no.

Zandro apoyó una mano sobre la de Cara.

–Si soy parcialmente responsable de su muerte, estoy haciendo lo posible por expiar mis pecados.

Cara retiró la mano de inmediato.

–¿Me has pedido que me case contigo para aliviar tu conciencia? –sabiendo que no era justo culparlo, admitió–: Lia era responsable de su propia vida.

–Quiero casarme contigo por diversas razones –dijo Zandro tras una pausa–. Por Nicky, por supuesto. Pero también porque a mi madre le gustaría tener más nietos –sonrió traviesamente–. Y, por supuesto, también porque estoy deseando meterte en mi cama y mis padres no lo aceptarían sin un anillo de bodas de por medio –tomó un sorbo de vino y miró a Cara por encima del borde del vaso–. Espero que no te opongas a tener hijos.

Cara había asumido que algún día los tendría. Con el hombre adecuado. ¿Sería posible que ese hombre fuera Zandro? De pronto imaginó a tres niños, uno con los ojos verdes y el pelo castaño, como ella, y otros dos más morenos, como Zandro.

Tomó rápidamente su copa y consumió el vino de un trago para apartar aquella imagen de su cabeza.

–Me gustan los niños –se limitó a decir.

–Eso está bien –replicó Zandro, y siguió comiendo.

Cuando regresaron, Zandro la acompañó hasta el dormitorio y abrió la puerta para ella.

–Gracias –dijo Cara–. Ha sido noche muy agradable.

–En ese caso, dame las gracias adecuadamente –replicó Zandro con una sonrisa.

Cuando la rodeó con sus brazos, Cara apoyó las manos en sus mangas sin protestar. Cuando Zandro le hizo entreabrir los labios con su boca, ella lo rodeó con las manos por el cuello y se arqueó hacia él, anhelando sus caricias, sus besos.

Todo a su alrededor se sumió en al oscuridad. Lo único que sentía era el encuentro de sus labios, de sus alientos, de sus lenguas. Al cabo de un rato Zandro deslizó los labios hacia su cuello y sus hombros, y luego le bajó el vestido por los hombros y lo dejó justo por encima de sus pechos para inclinarse y besar la carne expuesta. Cara dejó escapar un pequeño gemido de placer y él rió roncamente. Cara captó un destello de luz en su mirada cuando alzó la cabeza para besarla de nuevo con renovada pasión.

Respondió con una pasión de cosecha propia, excitada más allá de lo imaginable, sintiendo que las piernas apenas la sostenían.

Finalmente, Zandro se apartó y tomó su rostro entre las manos para darle un último beso, breve pero intenso.

–Cara –murmuró–. ¿Sabes lo que quiere decir tu nombre en italiano?

«Querida». Cara asintió, incapaz de hablar.

Zandro deslizó una mano por su hombro hasta su espalda, mientras la otra viajaba por sus pechos hasta su estómago, para luego contornear con ambas sus caderas y su trasero antes de apartarse.

–No tardes mucho en decidirte –dijo–. Buenas noches, Cara.

Cara permaneció unos momentos como en

trance mientras escuchaba los pasos de Zandro alejándose por el pasillo. Cuando oyó que se cerraba la puerta de su habitación reaccionó y fue a sentarse en la cama. Era una cama grande, lo suficiente para dos, y tuvo una visión increíblemente clara de sí misma y de Zandro compartiéndola, haciendo el amor salvajemente entre las sábanas. Sentía que todo su cuerpo ardía.

Al volver el rostro vio en la mesilla de noche la foto que había colocado en ella después de que Zandro descubriera la verdad. Era su foto favorita de Lia y ella juntas, y fue tomada cuando tenían dieciocho años.

–¿Qué debo hacer, Lia? –murmuró.

Lia opinaba que Zandro era un hombre oportunista y manipulador que había ayudado a echar a su hermano de la casa familiar. Sin embargo, Rico había puesto a su hijo el nombre de su padre y Lia había acabado por aceptar que Zandro se hiciera cargo de la custodia del niño.

Suspiró mientras se levantaba para ponerse el camisón. Pero una vez acostada permaneció despierta largo rato, contemplando la oscuridad mientras su mente no dejaba de dar vueltas y vueltas.

Capítulo 9

AL DÍA siguiente por la tarde, Cara se ocupó de bañar y poner el pijama a Nicky antes de bajarlo a que diera las buenas noches a sus abuelos.

Nicky ya llevaba un tiempo tratando de caminar e insistió en intentar bajar las escaleras con la ayuda de Cara. Fue un proceso laborioso, y apenas se hallaban a medio camino cuando la puerta de la casa se abrió y Zandro pasó al vestíbulo.

Nicky dio un gritito de alegría al verlo y perdió el paso. Al tratar de sujetarlo, Cara perdió el equilibrio y acabó cayendo sentada en un escalón con el niño a salvo en sus brazos.

Zandro subió las escaleras de tres en tres y se agachó junto a ellos.

–¿Estás bien?

–Sí –dijo Cara mientras el niño alargaba los brazos hacia su tío.

Zandro lo tomó en brazos y le dedicó una severa mirada.

–¿Qué pretendías hacerle a tu tía, jovencito?

Nicky rió y se retorció entre los fuertes brazos que lo sujetaban.

Zandro sonrió y lo besó en la mejilla.

–Pequeño monstruo...

El niño volvió a reír y enterró el rostro en el hombro de su tío. Zandro apoyó una mano en su cabecita.

La imagen conmovió intensamente a Cara. Era posible que Zandro no fuera perfecto, pero el amor que manifestaba por su sobrino era profundo y auténtico. Ya no podía dudar de ello, como no podía dudar del afecto del niño por él y por la señora Brunellesci... incluso por su abuelo.

¿Cómo podía haber pensado alguna vez en apartar a Nicky de aquellas personas que tanto lo querían? Arrepentida, se mordió el labio.

–Zandro –dijo con suavidad, y esperó a que él la mirara–. He decidido que sí voy a casarme contigo.

Por un momento, el tiempo pareció quedar en suspenso. Cara escuchó el eco de sus propias palabras en el aire. ¿De verdad las había dicho?

Zandro apartó la mano de la cabeza de Nicky, le acarició la mejilla y luego la deslizó tras su cabeza para atraerla hacia él y besarla en los labios.

–Juro que haré todo lo posible para que no te arrepientas de tu decisión, Cara mía.

Nicky se retorció hasta que Zandro se apartó para devolvérselo a su tía. Pero el niño se aferró a él.

Zandro rió.

–De acuerdo –dijo a la vez que tomaba a Cara de la mano y comenzaban a bajar las escaleras–. Tenemos que dar una gran noticia a los abuelos.

Unos segundos después entraron en el cuarto de estar, donde la señora Brunellesci cosía mientras Domenico leía una revista de negocios.

–Papá, mamá, tengo algo importante que comunicaros –dijo Zandro–. Cara ha consentido en convertirse en mi esposa... y en la nueva madre de Nicky.

Por unos momentos, ninguno de sus padres reaccionó. Cara pensó que habría sido mejor que Zandro les hubiera dado la noticia en privado. Sintió que se le encogía el corazón. Si los padres de Zandro no estaban de acuerdo, podrían surgir problemas.

–Creo que no estaría mal que nos felicitarais –dijo Zandro.

Finalmente, la señora Brunellesci alzó las manos como para extenderlas hacia ellos y luego miró a su marido, que se levantó y se acercó a su hijo con una mano extendida.

Zandro la estrechó y su padre lo besó en ambas mejillas.

–*Complimenti*, hijo mío –murmuró. Luego dedicó a Cara una temible y penetrante mirada–. Bienvenida a la familia –dijo mientras la besaba en la mejilla.

La señora Brunellesci también se levantó, indecisa pero aparentemente satisfecha. Cuando su marido se apartó, se acercó a Cara y le dio un cálido abrazo.

–Eso está muy bien –dijo, y alzó la manos para tomar el rostro de su hijo entre las manos y besarlo–. Ya te había dicho que era hora de que te casaras –volvió a mirar a Cara y añadió–: Así ya no te llevarás a nuestro Nico. Tenía tanto miedo...

–Lo siento –dijo Cara, consciente de que la señora Brunellesci había sido amable con ella a pesar de su temor–. Pero le había prometido a mi hermana...

–Sí, comprendo. Pero ahora todos somos felices. ¡Y formamos una sola familia!

La señora Brunellesci insistió en que, aunque fueran a celebrar una boda sin complicaciones, Cara debía llevar un vestido blanco. Afortunadamente, cuando salieron a comprarlo a Brisbane la madre de Zandro se conformó con un traje de corte sencillo, con una delicadas mangas de encaje y un discreto adorno de perlas en el escote y en el dobladillo de la falda.

Cara no tenía intención de utilizar velo, pero cuando la señora Brunellesci le ofreció el que utilizó ella en su boda, fue incapaz de negarse.

Zandro le regaló un anillo de compromiso con

un diamante en el centro y dos más pequeños a los lados.

–Podemos cambiarlo si no te gusta –dijo.

Pero a Cara le gustó, y agradeció que no le hubiera pedido que lo ayudara a elegirlo. Hacerlo habría sido llevar demasiado lejos la farsa.

Zandro se comportaba como si fueran cualquier pareja normal a punto de casarse; salía con ella, la presentaba a sus amigos, no dejaba de tomarla de la mano... y cada noche la besaba posesivamente ante la puerta de su dormitorio, dejándola aturdida e insatisfecha.

Cara invitó a varios amigos cercanos, pero sólo pudieron asistir dos de ellos.

Mientras caminaba hacia el altar recordó a su hermana y una silenciosa lágrima resbaló por su mejilla. Al fijarse, Zandro le estrechó cálidamente la mano y le dedicó una reconfortante mirada. Cara fue capaz de dar sus respuestas al cura con voz bastante firme y sintió un gran alivio cuando acabó la ceremonia.

Después de la boda, los invitados se reunieron en casa de los Brunellesci para disfrutar de un delicioso bufé.

La celebración aún seguía en marcha cuando Cara y Zandro salieron en coche para Brisbane. Zandro había sugerido que pasaran la luna de miel en alguna isla del Pacífico, o que hicieran un breve crucero, pero Cara insistió en que no quería dejar a Nicky mucho tiempo.

–Aún me está conociendo y no quiero que me olvide. ¿Es necesario que nos vayamos?

Finalmente acordaron pasar la noche de bodas en uno de los mejores hoteles de Brisbane para volar al día siguiente a Auckland, donde Cara debía organizar el alquiler de su casa, además de empaquetar todo lo que debía llevarse.

–Tendré que hacerlo en alguna ocasión, y cuanto antes mejor –dijo Cara–. Sé que no va a ser una luna de miel normal, pero éste tampoco es un matrimonio normal.

Zandro aceptó, pero insistió en que más adelante se tomarían unas vacaciones.

Cuando entraron en la suite que tenían reservada en el hotel, Cara se quedó asombrada. La cama era enorme y dominaba el centro de una habitación también enorme. Había mármol y dorados por todas partes, incluidos un par de querubines de ese color que sostenían un tul en la cabecera de la cama.

–¡Cielo santo! –murmuró, mirando a su alrededor.

Zandro cerró la puerta y se acercó a ella.

–Es un poco exagerado –asintió con una sonrisa, mientras contemplaba una mesa flanqueada por dos sillas que supuestamente procedían del siglo dieciséis. Sobre la mesa había dos copas de cristal y una cubitera con una botella de champán–. Si voy a dormir en este dormitorio creo que voy a necesitar un poco de eso. ¿Y tú?

Cara rió, rompiendo la tensión que había ido aumentando durante el viaje hasta el hotel. Unos momentos después Zandro le entregaba una copa llena y alzaba la suya para un brindis.

–Por nosotros y por nuestro futuro.

Salieron al balcón y contemplaron las luces de la ciudad mientras bebían su copa. Hacía un poco de brisa y Cara se estremeció.

–¿Tienes frío? –pregunto Zandro.

–En realidad no. Sólo estoy destemplada. Voy a tomar una ducha.

Zandro permaneció en el balcón hasta que ella salió del baño vestida con un camisón de satén dorado con un corpiño de encaje sujeto por dos tiras.

–Muy bonito –dijo Zandro desde el umbral de la puerta–. Yo no utilizo pijama. ¿Te importa?

Cara negó con la cabeza y él corrió las cortinas tras dejar su copa.

–Estamos en la planta quince y no creo que pueda vernos nadie, pero podría haber algún mirón –dijo antes de entrar al baño.

Salió vestido tan sólo con una toalla en torno a la cintura. Cara había apagado todas las luces excepto la de la mesilla de noche del lado que había dejado a Zandro en la cama, y estaba ojeando una revista del hotel sin fijarse para nada en el contenido.

–¿Quieres la luz apagada o encendida? –preguntó él.

–Apagada –dijo Cara sin soltar la revista.

–En ese caso me gustaría abrir las cortinas, si no te importa. Me gustaría ver al menos un poco a mi esposa.

Un estremecimiento mezcla de aprensión y excitación recorrió a Cara.

–De acuerdo –dejó la revista a un lado y vio la silueta de Zandro contra la ventana, delineada por las luces de la ciudad y de la luna.

–¿Estás cansada? –preguntó él sin meterse en la cama–. Ha sido un día ajetreado.

–¿Y tú?

Zandro rió con suavidad.

–No demasiado como para hacerte el amor –alzó una mano para acariciar a Cara en la mejilla–. Pero tú pareces un poco tensa.

–Un poco –admitió ella.

–Si quieres esperar... –Zandro deslizó la mano hasta un hombro de Cara, donde jugueteó con el tirante del camisón– sólo tienes que decirlo. Cuando te haga el amor quiero que estés muy despierta y que disfrutes cada segundo –tomó una mano de Cara en la suya y se la llevó a los labios para besarla, pero no en el dorso, sino en la palma.

–Estoy muy despierta –susurró ella, y así era.

Zandro volvió a besarla en la mano y luego en la muñeca.

–Me alegra escuchar eso. Gracias, Cara –se inclinó para besarla en el hombro–. ¿Te he dicho ya lo preciosa que estabas durante la ceremonia?

–No –susurró Cara, cuyo cuerpo estaba totalmente concentrado en los labios de Zandro sobre su piel.

Sintió la frescura del aire en sus pechos cuando Zandro le deslizó las tiras del camisón por los hombros hasta dejarlos expuestos. Cuando los acarició con sus cálidas manos, sus centros brotaron como dos capullos en busca del sol.

Luego inclinó la cabeza para tomarlos en su boca y una oleada de increíbles sensaciones recorrió el cuerpo de Cara mientras él los saboreaba a su antojo. Apagó con sus labios el delicado gemido que surgió de su garganta y la besó apasionadamente a la vez que apartaba las sábanas de la cama.

Un instante después el camisón estaba en el suelo y la boca de Zandro administró su magia a lo largo de todo el cuerpo de Cara, en su empeine, en su tobillo, en la delicada piel de la parte trasera de sus rodillas, de sus muslos, en la delicada curva de sus nalgas...

Le hizo el amor como si estuviera adorando su cuerpo, descubriéndolo con exquisito cuidado, enseñándole a conocer el suyo.

Unos minutos después estaba sobre ella, desnudo. Apoyó un dedo en sus labios y lo fue deslizando lentamente hacia abajo hasta alcanzar los de su sexo, ya húmedo y rezumante. Un tembloroso suspiro escapó de la garganta de Cara mientras separaba las piernas.

–¿Ya estás lista? –preguntó él con inesperada ternura.

–Sí –susurró ella, y lo rodeó por el cuello con los brazos mientras él la colmaba con su sexo, ensanchándola, dándole tal placer que temió desmayarse. De pronto se encontró flotando en un mar de sensaciones, con la boca de Zandro en la de ella, absorbiendo sus gemidos de éxtasis a la vez que la estrechaba con tal fuerza que Cara casi pudo sentir como se fundía cada centímetro de su poderoso y varonil cuerpo con el de ella mientras el clímax más intenso que había experimentado en su vida parecía arrebatarla de la faz de la tierra.

Cuando, finalmente, Zandro se apartó de ella, se sintió vacía y despojada. Pero unos momentos después él volvió a abrazarla y la besó en los labios.

–Pretendía ser más paciente. ¿He ido demasiado rápido?

La paciencia no había sido necesaria, pensó Cara. A lo largo del mes transcurrido desde su llegada, Zandro había ido alimentando de forma inconsciente su deseo, que ya necesitaba con urgencia un desahogo.

–No –dijo, y bostezó contra su piel.

Zandro rió suavemente.

–¿Ya estás aburrida?

–Cansada –corrigió Cara–. Pero es un cansancio muy agradable. Gracias, Zandro. Estaba nerviosa –confesó tímidamente.

–Lo sé. Gracias a ti por confiar en mí. Y ahora, duérmete mientras yo me dedicó a practicar la virtud de la paciencia... al menos hasta mañana.

Una vez en Auckland, y tras hacer repetidas veces el amor en casa de Cara, buscaron un agente que les aseguró que no tendría ninguna dificultad en encontrar unos buenos inquilinos para alquilarla. Después empaquetaron sin mayor dificultad la ropa, algunos libros y otras chucherías y recuerdos. Habiendo planeado desaparecer en cuanto regresara a Nueva Zelanda, Cara ya tenía recogida la mayoría de las cosas en cajas. Gran parte de éstas fueron al centro de caridad más cercano y las demás las facturaron.

Los tres días que pasaron allí fueron muy ajetreados, pero a veces dedicaban un rato para bañarse en la piscina del hotel y comer en algún restaurante, y hacían el amor sin parar, de noche, por la mañana, antes de comer... aunque Cara no dejaba de repetirse que aquello era sexo, no amor.

Se habían casado por otro motivo, y aunque el sexo entre ellos era increíble, tan sólo suponía una liberación psíquica, no una experiencia emocional.

Ocasionalmente captaba un brillo en la mirada de Zandro diferente al del deseo, algo parecido al respeto, o la sorpresa. Sabía que lo tenía satisfecho con su sexualidad. Notaba cómo disfrutaba y se excitaba con sus desinhibidas respuestas.

Cuando tomaron el vuelo de vuelta y se encontraron de regreso en la mansión de los Brunellesci, Sara descubrió que todas sus cosas habían sido trasladadas a la habitación de Zandro.

–Mi madre da por sentado que una pareja casada comparte la habitación y la cama –explicó él.

–Por supuesto –dijo Cara mientras miraba a su alrededor. Era una habitación muy masculina, con muchas madera y tonos granates.

–Puedes redecorarla si quieres –dijo Zandro–. A tu gusto.

–¿Con unos cupidos y un tul en la cabecera de la cama? –bromeó Cara.

Él rió.

–Puede que me oponga a eso –dijo mientras la rodeaba con los brazos por la cintura y la atraía hacia sí–. Aún falta por lo menos media hora para la cena –añadió sugerentemente.

Ya habían estado un rato con Nicky, antes de que Bárbara se lo llevara para bañarlo.

–Tus padres nos esperan abajo, y Bárbara no tardará con el niño.

Zandro besó a Cara en los labios y luego se apartó de ella, reacio.

–Tienes razón. Ya me estás poniendo en mi sitio. ¿Voy a ser un marido calzonazos?

–Lo dudo mucho –dijo Cara en tono irónico.

Zandro rió mientras ella se disponía a guardar sus cosas en el armario y los cajones.

–No esperarás que te deshaga el equipaje, ¿no? Porque no pienso hacerlo –dijo Cara mientras se agachaba para meter unas prendas en el cajón inferior de la cómoda.

–Lo cierto es que se me había pasado la idea por la cabeza –dijo él perezosamente–. Pero puedo esperar. Ahora mismo me basta con disfrutar de las vistas.

Al volverse, Cara vio su expresión libidinosa y se ruborizó.

–¡Déjalo ya!

–No estoy haciendo nada –dijo Zandro con una traviesa sonrisa.

–Tal y como me estabas mirando...

–Sólo estaba mirando. No es pecado, ¿no? Si quieres, tú puedes mirarme a mí del mismo modo, por supuesto.

Cara se preguntó si sería así como lo miraba ella sin darse cuenta. Aquella intensidad de deseo era algo desconocido para ella. Deseaba a Zandro con una fuerza inesperada. Además de excitante, resultaba inquietante saberse esclava de una pasión incontrolable. Sobre todo teniendo en cuenta que, por mucho que se acostaran juntos, Zandro y ella seguían siendo prácticamente desconocidos.

–Voy a ver si Nicky ya está bañado para llevarlo abajo –dijo.

–Por supuesto –Zandro se puso en pie y la acompañó a la puerta–. Nos vemos luego.

A Cara le encantaba cuidar a Nicky, jugar con él, ver cómo aprendía nuevas cosas a diario, ocuparse de él cuando le dolía algo.

Una tarde, mientras lo sostenía en brazos después de su baño, Bárbara dijo a su lado:

–Veo que dentro de poco voy a ser innecesaria en esta casa.

–¡Oh, lo siento, Bárbara! –dijo Cara con sincero pesar–. Pero me temo que tienes razón.

–¿Qué es lo que sientes? –preguntó Zandro, que acababa de asomarse a la habitación.

–Que no va a necesitarme mucho más tiempo –contestó Bárbara por ella–. Supongo que será mejor que empiece a pensar en buscarme otro trabajo. Echaré de menos a Nicky, por supuesto, pero la decisión depende de vosotros, por supuesto –se volvió hacia Cara y añadió–. Si quieres ponerle el pijama yo me ocupo de ir recogiendo aquí.

Cara llevó al niño a su dormitorio y Zandro la siguió.

–¿A qué ha venido eso? –preguntó él.

Cara se quedó sorprendida por su tono cortante.

–¿Qué?

Zandro la estaba mirando con evidente impaciencia y expresión implacable, como el primer día. El corazón de Cara se encogió. Algo le dijo que la luna de miel había acabado, y que el hombre tierno y delicado que había descubierto aquellos días en Zandro volvía a dar paso al tirano de antes, al hombre que jamás permitiría que una mujer torciera su voluntad, que no admitiría ninguna oposición y que siempre ganaba las batallas.

Capítulo 10

LE HAS dicho a Bárbara que ya no la vamos a necesitar? –preguntó Zandro.

–No exactamente, pero es así. Yo puedo ocuparme de todo lo que ella hace por el niño.

–¿Y has llegado a esa conclusión sin consultarme?

–En realidad no es algo que te afecte. Además, yo te saldré más barata.

La broma de Cara no pareció gustar a Zandro, que frunció el ceño.

–¡No me he casado contigo para que te conviertas en niñera!

Cara dejó al niño en el cambiador y tomó un pañal.

–No, lo has hecho para convertirme en la madre de Nicky –dijo mientras lo cambiaba–, y las madres se ocupan de sus hijos.

–Pero no eres sólo madre. También eres esposa.

–La mayoría de las madres lo son.

–Podemos permitirnos una niñera.

Cara tomó al niño en brazos y se volvió.

–Quiero cuidar de Nicky personalmente, como prometí.

–¿Alguna vez piensas en algo que no sea Nicky y la promesa que le hiciste a tu hermana? –preguntó Zandro, obviamente irritado.

–No entiendo por qué estás tan enfadado –dijo Cara, desconcertada–. ¿Qué pasa?

–Pasa que estamos casados. Somos marido y mujer, lo que implica determinadas cosas.

–¿Te estás quejando? Pensaba que estaba cumpliendo adecuadamente con mis obligaciones maritales. Pero si esperas que esté disponible cada minuto del día...

–No estoy hablando de sexo. Las parejas hacen otras cosas, salen, pasan tiempo juntos...

–Nosotros ya hacemos eso.

–Con Nicky y la familia.

–Sí... –Cara había sido aceptada con los brazos abiertos por el clan Brunellesci, y disfrutaba viendo cómo querían a Nicky, pero Zandro no le dejó terminar.

–Me gustaría poder llevarme a mi esposa cuando viajo por cuestiones de trabajo o tengo una comida de negocios.

Después de asistir a dos de aquellas comidas, Cara había utilizado las necesidades de Nicky o su propio cansancio como excusa para evitarlas. Cuidar al pequeño era más agotador de lo que había esperado.

–¿Quieres una esposa empresaria? –preguntó, recordando lo que Lia le había dicho sobre la intensa dedicación de Zandro a la empresa familiar.

Cuando Zandro se acercó a ellos, el niño alargó los brazos hacia él. Lo tomó en brazos sin apartar la mirada de Cara.

–Quiero que seas mi esposa, mi compañera... no sólo en la cama –como siempre, el brillo de su mirada despertó de inmediato el deseo de Cara–. Últimamente, cada vez que sugiero algo que no incluye a Nicky lo rechazas. Estás con él cada segundo del día. Y si sugiero que pasemos una tarde fuera siempre alegas que estás cansada. A veces, incluso para hacer el amor. No pienso permitir que te agotes como mi madre cuando mi hermano y yo éramos pequeños. Bárbara se queda.

Mientras Cara se esforzaba por reprimir la respuesta que le habría gustado darle, el niño tomó la corbata de Zandro para metérsela en la boca. Al verlo, él se la quito y el niño se puso a llorar, enrabietado, haciendo imposible que la conversación continuara.

Cara le dio su juguete favorito pero Nicky lo tiró.

Un instante después llamaron a la puerta y Bárbara pasó a la habitación.

–Yo me ocupo de él –ofreció a la vez que tomaba a Nicky en brazos. El niño luchó, furioso, pero ella lo sujetó con firmeza a la vez que le hablaba y le frotaba la espalda. Poco a poco, el llanto fue remitiendo.

–Voy a cambiarme –dijo Zandro, que miró a Cara críticamente y añadió–: A ti tampoco te vendría mal cambiarte –el baño de Nicky había sido especialmente agitado y Cara tenía la blusa y la falda un poco mojadas.

Esperó en la puerta a que lo precediera a su dormitorio, donde él se desnudó antes de entrar en el baño. Cuando salió, Cara se había cambiado de vestido y se estaba cepillando el pelo ante el espejo. Lo observó en silencio en éste mientras Zandro cruzaba la habitación para tomar una muda de ropa del armario. Tenía un cuerpo magnífico. Sólo le bastaba mirarlo para sentir que la sangre le ardía en las venas.

Zandro se puso los pantalones y al volverse su mirada se cruzó con la de Cara en el espejo. Aún estaba serio, pero el brillo del deseo en su mirada era inconfundible, así como la repentina tensión de los músculos de su rostro.

Cara apartó la mirada, cepillo una vez más su pelo y luego cerró los ojos.

Zandro tomó el cepillo de su mano y lo dejó sobre el tocador. Ella alzó los ojos y vio su reflejo, su pecho desnudo, su rostro tenso...

Zandro la hizo levantarse y volverse y de inmediato tomó sus labios en un beso ardiente, exigente.

El corazón de Cara latió más rápido y su cuerpo se excitó al instante.

Sin que apenas le diera tiempo a reaccionar, Zandro deslizó las manos bajo su falda y le quitó las braguitas. Ella le acaricio el pecho e introdujo las manos en la cintura de sus pantalones. Luego le bajó la cremallera y tiró de ellos. Cuando cayeron, Zandro los retiró a un lado con una pierna, se quitó los calzoncillos y luego abrazó de nuevo a Cara, desnudo, poderosamente excitado y tan sexy que ella podría haber llorado.

Zandro apartó rápidamente el cepillo del pelo y algunos frascos que tenía Cara en el tocador y la alzó por las caderas para sentarla en él. Ella llevó las manos a su rostro y lo atrajo para volver a besarlo. Zandro introdujo las suyas bajo sus muslos y le hizo separarlos antes de atraerla unos centímetros hacia el borde del tocador para penetrarla. Cara se aferró a su cuello como si se estuviera ahogando y él fuera su salvador. Entreabrió los labios para gemir y casi al instante alcanzó el clímax en una oleada tras otra de éxtasis.

Zandro tomó sus labios con la boca abierta, hambrienta, y ella escuchó el gutural sonido de satisfacción que escapó de su garganta a la vez que sentía cómo palpitaba en su interior antes de liberar dentro de ella su cálida semilla.

Zandro siguió sosteniéndola entre sus brazos mientras sus mutuos temblores remitían, con la cabeza apoyada en su hombro.

–Eres preciosa –murmuró.

–Y tú también –dijo Cara soñadoramente.

Zandro rió y volvió a besarla.

Después tomaron una rápida ducha juntos y se vistieron para bajar a comer.

No volvieron a mencionar a Bárbara. Cara hizo un esfuerzo por aceptar cuando Zandro sugirió que salieran una noche, solos o con sus amigos. Lo acompañó a algunas cenas de negocios y a algunas funciones sociales y, según fue aprendiendo como funcionaba su mundo fuera de la casa, empezó a hacer preguntas y a encontrarse cada vez más fascinada con las respuestas. Pero siguió pasando casi todo el día con Nicky, al que había que vigilar con especial cuidado porque ya había empezado a caminar por su cuenta.

Y Cara no volvió a alegar que estaba cansada cuando, en la intimidad de su dormitorio, Zandro quería hacerle el amor. Sabía que su habilidad extraería de ella la respuesta que buscaba, aunque al principio fuera lenta en reaccionar.

Pero no logró ocultar su letargo inicial y él dejó de acariciarla.

–No quieres hacer esto, ¿verdad? –preguntó.

Cara fue a contestar pero tuvo que interrumpirse a causa de un bostezo que cubrió rápidamente con su mano.

–Lo siento –murmuró.

–Últimamente pareces más cansada que de costumbre. Bárbara dice que prácticamente la has dejado sin ocupaciones. ¿Por qué no le dejas hacer su trabajo? –preguntó Zandro, irritado.

–¡Es mi trabajo! Soy la madre de Nicky.

–Ya estamos otra vez con eso. ¿Qué te pasa? ¿Por qué no te fías de que lo cuide algún otro?

–Nicky es un bebé y alguien tiene que vigilarlo a cada momento.

–Pero no tienes por qué ser tú siempre ese alguien. Dijiste que tu hermana se sentía asfixiada por tu vigilancia... ¿se te ha ocurrido pensar que Nicky podría llegar a sentir lo mismo?

Cara volvió el rostro en la almohada al sentir que se le encogía el corazón.

Zandro le tocó un hombro con delicadeza.

–No pretendo hacerte sufrir, pero no puedes compensar a Nicky por no haber sido capaz de salvar a su madre casándote con él. Con el tiempo él también necesitará su independencia. ¿Y qué tendrás tú entonces?

Cara quería decirle que estaba equivocado, pero de pronto experimentó unas ligeras náuseas que ya había sentido durante la comida y que apenas la habían permitido comer. Salió de la cama y fue rápidamente al baño.

Cinco incómodos minutos después estaba lavándose la boca y la cara cuando Zandro la llamó.

–¿Cara? ¿Te encuentras bien?

Cara se secó con la toalla y fue a abrir.

–Estás muy pálida –dijo él mientras ella apagaba la luz. Sin previo aviso, la tomó en brazos y la llevó a la cama–. ¿Quieres que llame al médico? ¿Por qué no me has dicho nada?

–De vez en cuando tengo náuseas, pero no necesito ver a un médico –dijo Cara–. Dijiste que te gustaría tener más hijos...

Zandro permaneció inmóvil unos momentos.

–¿Estás embarazada? –preguntó finalmente con voz ronca.

–Aún no estoy segura, pero los síntomas encajan.

Zandro insistió en que fuera al médico y en acompañarla.

–Necesitas mucho descanso –recordó más tarde a Cara.

–El médico también ha dicho que debo hacer ejercicio regularmente.

–No creo que se refiriera precisamente a que te pasaras el día alzando en brazos y persiguiendo a un niño robusto como Nicky.

–Ése es todo el ejercicio que logran hacer muchas mujeres embarazadas. Además, deja de preocuparte tanto. El embarazo no es una enfermedad. Soy una mujer perfectamente sana y puedo decidir por mí misma cuánto descanso necesito.

–Eres la madre de mi futuro hijo, y es mi deber cuidar de ambos –insistió Zandro, testarudo.

Cara sintió un escalofrío. Zandro se había hecho cargo del cuidado de Nicky porque lo consideraba su deber, y por ese mismo sentido del deber se había casado con ella. Cuando ella aceptó su propuesta, su principal preocupación también era Nicky, de manera que, ¿por qué sentía aquella especie de vacío en el corazón, aquel dolor indefinible? No era una sensación totalmente nueva, pero hasta entonces había estado centrada en su hermana. Sin embargo, sentía que empezaba a estarlo en Zandro.

Zandro era su marido, su amante. Un marido considerado y un amante genial.

Ya no era un desconocido, un adversario. Se había convertido en alguien a quien deseaba ver a diario, alguien en quien podía confiar, a quien podía respetar... amar.

Aquella palabra floreció de pronto en su interior como un destello. Amaba a Zandro. Profunda e irrevocablemente. Apasionadamente.

Él debió captar algo en su expresión.

–¿Qué sucede? ¿Por qué me miras así?

Cara permaneció callada. Zandro había sido muy claro respecto a los motivos por los que le había pedido que se casara con él. Y había especificado que no estaba enamorado de ella, aunque sí quería acostarse con ella. Si le decía que estaba enamorado de él, ¿aceptaría su declaración con placer, o se sentiría incómodo por no poder corresponderla?

Se humedeció los labios.

–Estaba pensando.

–¿En qué? ¿En Nicky? –preguntó Zandro, resignado.

–Sí. Y en el nuevo bebé.

Zandro frunció el ceño.

–Puede que cuando llegue dejes de estar tan obsesionada con Nicky.

–¡No estoy obsesionada! He tratado de complacerte todo lo que he podido...

–Sí, claro –interrumpió Zandro en tono mordaz–. Simplemente has sumado eso a todo lo que haces por Nicky, y acabas siempre agotada. ¿Te importará tanto mi hijo como el de tu hermana?

–¡Por supuesto! –la pregunta conmocionó a Cara–. También es mi hijo. Pero...

–Ya lo sé –Zandro hizo un gesto de impaciencia con la mano–. Nicky es lo más importante de tu vida.

Cara sabía que aquello ya no era cierto. Jamás dejaría de querer y de cuidar a Nicky, por supuesto, pero aquella era otra clase de amor... y en aquellos momentos Zandro colmaba su mente y su corazón.

Era posible que Zandro tuviera razón. Había estado obsesionada con compensar a Nicky por haberle fallado a su hermana. Y de pronto tenía algo más por lo que sentirse culpable. No había prestado suficiente atención a su marido, a su matrimonio. Si lo hubiera hecho no habría tardado tanto en reconocer su amor por Zandro.

Y tal vez habría logrado conquistar el suyo a cambio.

Unos días después, Cara estaba paseando al borde del mar cuando sintió el primer movimiento inconfundible de su bebé. Se llevó la mano al vientre y susurró:

–Hola. ¿Qué tal por ahí?

Como si hubiera querido responder, el bebé volvió a moverse y Cara rió, emocionada.

–¡Tengo que decírselo a tu padre!

Una ola un poco más intensa que las demás rompió a sus pies y formó un poco de espuma en torno a éstos. Cara sintió una extraña sensación por encima del tobillo izquierdo mientras la ola se retiraba. La sensación se convirtió de pronto en un dolor punzante. Algo le había picado. Pero cuando bajó la mirada lo único que vio en torno a sus pies fue arena.

Para cuando llegó a casa el dolor ya era muy intenso. En cuanto vio lo pálida que estaba, la señora Walker la hizo sentarse mientras Cara le explicaba lo sucedido.

La señora Walker puso una bolsa con hielo en su tobillo y fue a llamar a la señora Brunellesci. Domenico se unió a ellas e insistió en que fueran al hospital más cercano.

Cuando llegaron, Cara sufría intensos calambres de estómago y lloraba de dolor y temor por lo que pudiera suceder.

Zandro apareció poco después, cuando los médicos ya la estaban atendiendo. Cara percibió en su tenso rostro un destello de enfado.

–... una reacción extrema... –oyó que decía el médico que hablaba con él– bastante rara... no ha sabido decirnos qué le ha picado... dado su estado, corre peligro de perder...

Un terrible miedo se apoderó de Cara justo antes de que alguien le inyectara algo en el brazo. Unos instantes más tarde, el dolor y el mundo desaparecían a su alrededor.

Despertó en una habitación en penumbra, con Zandro a su lado sosteniéndole la mano. Se sentía agotada y como flotando, pero no tenía dolor.

Zandro se inclinó hacia ella al ver que abría los ojos.

–¿Cara?

Cansada y asustada, Cara volvió a cerrar los ojos.

–¿He perdido tu bebé? –murmuró–. Lo siento tanto...

–El bebé está bien –Zandro le estrechó cálidamente la mano–. Aunque eso me da igual –su voz sonaba sorprendentemente vacilante.

Cara abrió los ojos.

–¿Qué quieres decir? Pensaba que querías tener un hijo propio.

–Tengo un hijo. Nicky. Pensaba que si teníamos otro nuestro matrimonio se vería reforzado y te sentirías unida a mí para siempre. Pero nada de eso es tan importante como tu vida. Perder al bebé sería trágico, pero no podría soportar perderte a ti. Ya no sabría vivir sin ti, Cara mía.

Cara pensó que debía estar soñando aquello a causa de los analgésicos, pero era un sueño muy agradable. Sonrió, adormecida.

–Te quiero –murmuró. En un sueño podía decir lo que realmente sentía. Volvió a cerrar los ojos.

–¿Qué? –Zandro estrechó la mano de Cara con tal fuerza que ésta abrió los ojos una vez más y tuvo que convencerse de que estaba realmente despierta.

–No te preocupes si no puedes corresponderme –dijo.

Pero si aquello no era un sueño, lo que le había oído decir a Zandro debía ser cierto.

Parpadeó para tratar de alejar la confusión de su cerebro.

–¿Qué diablos quieres decir con eso de que no puedo corresponderte? –preguntó Zandro casi con aspereza–. Creo que me enamoré de ti en cuanto te vi por primera vez.

–¿Qué? –preguntó Cara débilmente.

–Algo pasó en aquel momento. El mundo pareció cambiar a mi alrededor y te conocí en aquel mismo instante. De un modo que nunca había conocido a tu hermana.

Cara ya estaba totalmente despejada y escuchaba las palabras de Zandro con todo su ser, temiendo respirar, hipnotizada por la intensidad de su mirada y de su voz.

–Me dije que era una aberración –continuó él–, algún fenómeno extraño que pronto pasaría. Pero no hizo más que crecer con el paso del tiempo. Me volví loco... no dejaba de buscar excusas para tocarte, o para besarte cuando ya no podía luchar más contra ello, odiándome por mi propia debilidad. No hacía más que ponerme excusas y razonar estupideces. Y cuando descubrí quién eras realmente...

–Te pusiste furiosos –susurró Cara, aunque no lo culpaba por ello.

–Sí, pero eso explicó muchas cosas. Me enfadó que hubieras sentido la necesidad de mentirme, y me enfureció haber caído en la trampa. Comprendí que me odiabas, que me considerabas un bruto insensible. Pero cuando se me ocurrió la idea de casarme contigo supe que era lo correcto.

–No te odiaba. No después de haber visto cómo cuidabas a Nicky. Pero me dijiste que nuestro matrimonio era la solución más lógica para...

–Sí. Pero también sentía en mi corazón que así era como tenían que ser las cosas. Teníamos que estar juntos... aunque sabía que era mucho esperar que tú sintieras lo mismo. De manera que te planteé nuestro matrimonio como un modo de que cumplieras las obligaciones que sentías hacia tu hermana. Porque sabía que eso era lo único que te importaba. Y que sigue siéndolo.

–No –dijo Cara, que se esforzó por hablar coherentemente–. No pude apoyar a Lia cuando Rico murió y se quedó sola con Nicky. Cuando me contaste cómo había estado viviendo me sentí tan culpable... Porque de algún modo lo sabía. Desde que me dijo que estaba embarazada no dejé de sentirme atemorizada. Si hubiera seguido mis instintos y hubiera tomado un avión para ir a verla en lugar de hacerle caso, tal vez no se habría sentido tan desesperada... tal vez no habría muerto.

Los ojos de Cara se llenaron de lágrimas y Zandro le acarició la mano.

–Tu hermana tomó sus propias decisiones. No fueron buenas, pero tu hiciste lo posible.

–Sí –susurró Cara. Incluso después de casarse con Zandro había seguido convencida de que sólo podría compensar lo sucedido dedicando toda su devoción y todo su tiempo al hijo de Lia.

Zandro alzó una mano para frotarle las lágrimas.

–Te he disgustado, querida. Puede que éste no sea el momento para...

–No. No. Temía que no quisieras lo que tenía que ofrecer. Y también es posible que sintiera que no tenía derecho a ser feliz.

Zandro frunció el ceño.

–¿Por qué?

–Mi hermana lo perdió todo... a Rico, su bebé, su vida... Como has dicho, yo no fui capaz de salvarla, y ni siquiera fui capaz de mantener la última promesa que la hice. No era justo que yo consiguiera tanto a través de su muerte.

–¡Nadie habría podido salvarla, Cara! La muerte nunca es justa. Y has hecho más por Nicky de lo que Lia tenía derecho a pedirte –Zandro tomó el rostro de Cara entre sus manos para que lo mirara a los ojos–. Si de verdad quería a Nicky, habría querido por encima de todo que fuera feliz, ¿no? Y a ti también te quería, luego también quería que fueras feliz.

Cara luchó con aquella idea, temiendo aceptar que, después de todo, la respuesta pudiera ser tan sencilla. Pero Zandro tenía razón. Saber que la amaba había servido para liberar a su mente del confuso sentido de la culpabilidad que la tenía atenazada, para liberarla de su auto impuesta penitencia.

–Sí –dijo, y finalmente pudo relajarse. Apoyó la cabeza en el hombro de Zandro y dejó que su amor la envolviera mientras alzaba el rostro hacia él para que la besara.

Epílogo

NICKY tenía casi dos años cuando su hermano llegó al mundo. Zandro estaba junto a Cara, sosteniéndole la mano mientras la matrona les enseñaba a su nuevo hijo. Después llevó a Nicky a la habitación y lo sentó en la cama, donde Cara pudiera rodearlo con un brazo para enseñarle al nuevo miembro de la familia, dormido contra su pecho.

–¿Nene? –dijo Nicky.

–Es tu hermanito Liam –Cara miró a Zandro con gratitud por haberle permitido ponerle aquel nombre.

El bebé abrió en aquel momento los ojos y Nicky rió, encantado.

–¡Ojos!

Cuando Nicky se cansó, Zandro lo llevó con su abuela y regresó cuando Cara estaba dejando al bebé en la cuna que había junto a la cama. Se acercó a ella y la tomó de la mano.

–¿Cómo estás? –preguntó.

–Estoy bien, cariño.

Él bajó la mirada hacia sus manos unidas.

–Si hubiera sabido cómo iba a ser, nunca te habría hecho pasar por esto –miró a Cara con expresión angustiada–. ¿Sabes cuánto te quiero? Ni yo mismo me había dado cuenta hasta que has traído a nuestro bebé al mundo y os he tenido a ambos en mis brazos.

–Yo también te quiero –dijo Cara, emocionada–. Eres todo lo que siempre he querido en un hombre, Zandro. Más de lo que merezco.

–Eso no es cierto. Yo soy el hombre más afortunado del mundo por tenerte a ti.

Zandro tomó a Cara entre sus brazos y la besó con apasionada delicadeza.

Liam se retorció en la cuna. Reacios, sus padres bajaron la mirada hacia el recién nacido, que parecía observarlos con interés.

–Ya has comido –dijo Cara–. Ahora se supone que tienes que dormir.

El bebé arrugó el ceño y sus padres rieron.

–Sospecho que va a ser tan travieso como su hermano –dijo Zandro, que a continuación frunció el ceño como su hijo–. Pero ya no vamos a tener más hijos. No quiero que vuelvas a pasar por...

Cara le cubrió la boca con la mano.

–Shh. La decisión no es sólo tuya, Zandro. Además, te aseguro que merece la pena. Puede que algún día quiera tener otro, y tengo la sensación de que tú también.

–¿Volverías a pasar por esto? –Zandro movió la cabeza, asombrado–. Jamás había imaginado que podría querer tanto a alguien. Gracias, Cara. Y por supuesto que podrás hacer lo que quieras.

–¿Siempre? –preguntó Cara con una sonrisa traviesa.

–Puede que no siempre. No pienso permitir que te pongas en peligro. Tengo derecho como marido a impedírtelo.

Sabiamente, Cara decidió no discutir. No en aquel momento. Ya habría tiempo para discutir y para ceder, y Zandro ya sabía que no podía ganar siempre. Y el amor que se profesaban haría que ninguno de los dos se empeñara en imponer su voluntad al otro.

Ellos y su familia estaban unidos por los inquebrantables lazos del amor. Era suficiente.

Más que suficiente. Era como tener el mundo en sus manos.